M000211386

LA JOUEUSE D'ÉCHECS

Bertina Henrichs, née à Francfort, vit en France depuis près de vingt ans. Elle est scénariste de documentaires et de fictions. *La Joueuse d'échecs*, son premier roman, qu'elle a écrit directement en français, a rencontré un franc succès en librairie et a remporté de nombreux prix de lecteurs. Il est aujourd'hui traduit dans six pays.

BERTINA HENRICHS

La Joueuse d'échecs

ÉDITIONS LIANA LEVI

© Éditions Liana Levi, 2005.
ISBN : 978-2-253-11933-3 – 1re publication LGF

À Philippe.

C'était le début de l'été. Comme tous les jours, Eleni gravit la petite colline qui séparait l'hôtel *Dionysos* du centre de la ville à l'heure où le soleil apparaissait à l'horizon.

La colline, terrain vague sablonneux et crevassé, offrait une vue exceptionnelle sur la Méditerranée et la porte du temple d'Apollon. Ce vestige de l'Antiquité, trop grandiose dans sa conception peut-être, était resté inachevé. Ainsi sa gigantesque porte, au sommet d'une presqu'île minuscule rattachée à Naxos, s'ouvrait simplement sur la mer et le ciel. Le soir, à défaut d'offrir un gîte à Apollon, elle accueillait, dieu pour dieu, le soleil couchant, adulé par les voyageurs éblouis. Apollon, plus discret dans ses manifestations terrestres, n'aurait sans doute appelé que quelques rares initiés. L'imperfection du temple n'était donc pas à déplorer, mais conférait au contraire un étrange mystère à cette terre sévère posée sur la mer Égée.

Eleni n'eut pas un regard pour le spectacle qui se jouait dans son dos. Elle le connaissait trop bien. Toute sa vie avait été rythmée par ce théâtre gratuit ; ses spectateurs changeants, flux incessant de nomades, venant de loin, repartant au loin.

Ce matin, la colline était particulièrement silencieuse. Le vent, qui s'était levé durant la nuit, soufflait fort et couvrait les petits sons matinaux provenant de la ville. Eleni n'entendait que le crissement des cailloux sous ses pas et le halètement d'un chien errant reniflant ici et là, dans l'espoir de dénicher son petit déjeuner. Le butin était maigre et il arbora un air boudeur, qui fit sourire Eleni. Elle se promit de lui apporter un bout de pain qu'elle prendrait dans les restes des repas de l'hôtel.

Eleni arriva à six heures dix dans le hall du *Dionysòs*, accueillie par un joyeux « *Kalimera, Eleni. Ti kanis ?* » Cette petite formule de politesse fut prononcée d'une voix forte et avec tant de sincérité qu'un spectateur innocent aurait pu croire à des retrouvailles chaleureuses après une longue absence. Or, Maria, la patronne, une femme d'une soixantaine d'années au caractère enjoué, avait tout simplement l'habitude de saluer les personnes de sa connaissance de cette manière-là, forçant un peu sur la bonne humeur. Elle écartait ainsi d'emblée tout soupçon de maussaderie qu'elle tolérait uniquement chez ses clients. Et même là, elle feignait de ne pas le remarquer, parlant brusquement beaucoup moins bien anglais que d'ordinaire. Travailler dur sous un soleil écrasant en boudant était un vice pour lequel elle se sentait trop âgée. Comme à son habitude, elle offrit un petit café à Eleni avant que celle-ci s'engage dans l'enfilade des chambres, revêtue de sa blouse de travail vert pistache.

Eleni connaissait tous les gestes par cœur et les accomplissait machinalement, les uns après les autres, dans un ordre immuable. Vingt chambres, quarante lits, quatre-vingts serviettes blanches ; les cendriers à vider étaient en nombre variable.

Femme de chambre, Eleni l'était devenue comme d'autres deviennent serveuses ou caissières. Fille de paysans pauvres de la région montagneuse d'Halki, elle avait quitté l'école à quinze ans et avait pris le premier emploi en ville qui s'était offert à elle. Ce fut par hasard celui de femme de chambre. Trois ans après, elle avait épousé Panis, de cinq ans son aîné, qui travaillait au garage de son père à la sortie de la ville. Ce mariage avait été son heure de gloire. Toutes les filles de Naxos lui avaient envié ce garçon aux cheveux drus et au regard profond. Ils eurent deux enfants, Dimitra et Yannis. Même après leur naissance, Eleni avait continué à exercer son métier, car elle aimait ce travail qui lui permettait de rêvasser et d'entrer en contact avec le monde extérieur en son absence.

Au cours des années, elle avait acquis une bonne connaissance de la clientèle. Elle devinait facilement la nationalité des touristes à travers leur style vestimentaire. Parfois, elle s'amusait à attribuer les chambres dont elle s'occupait aux vacanciers qui prenaient leur petit déjeuner dans la salle à manger. Il lui arrivait de parier un ouzo ou un verre de vin blanc. Elle se trompait rarement.

La 19 terminée, elle passa à la 17. Les chambres devaient être remises en état au rythme des départs matinaux. Il fallait donc guetter l'ouverture des portes tout en créant l'illusion qu'on ne se préoccupait guère des allées et venues des clients, empereurs d'un jour ou d'une semaine. Eleni était habile dans l'art de surgir dans les couloirs, tel un fantôme guilleret, dont on oubliait l'existence aussitôt disparu. Elle semblait être membre d'un corps de ballet en costume acidulé maniant ses accessoires encombrants avec grâce. Cette force de suggestion était d'autant plus étonnante que son apparence n'avait depuis longtemps plus rien d'athlétique. Une nourriture trop riche, deux grossesses et l'ennui des hivers insulaires en avaient fait une femme de quarante-deux ans sans éclat particulier, ni vieille ni jeune. Elle avait atteint ce moment de la vie qu'on se plaît parfois à appeler la force de l'âge, faute de mieux ou alors en guise d'encouragement. L'âge compressé entre des parents vieillissants et des enfants adolescents, l'âge flottant où les hommes ne se retournaient plus sur son passage et où les femmes ne lui enviaient plus rien. Mais Eleni n'était pas femme à déplorer des faits sur lesquels elle n'avait aucun pouvoir.

Elle possédait une sorte de sagesse instinctive, acquise dans les innombrables chambres auxquelles elle avait rendu leur virginité. Les traces de la vie sous toutes ses formes étaient pudiquement effacées par elle. Éclaboussures de sang, de sperme, de vin, d'urine disparaissaient par ses sobres soins. Elle ne mettait pas de mots sur les choses qu'elle voyait ainsi apparaître et disparaître. Elle ne croyait pas sérieusement au pouvoir magique de l'énonciation, de l'évocation et de la spéculation. Pour elle, les termes, aussi précis fussent-ils, n'avaient jamais rien changé à l'ordre immuable du monde. Elle les considérait comme un passe-temps, tout au plus. À Naxos, les mots allaient et venaient avec les voyageurs et la mer dans un flux incessant.

Tôt, Eleni s'était faite à l'idée que rien ne lui appartenait en propre, ni les objets ni les êtres. Même Panis, son mari, appartenait autant à elle qu'aux hommes qu'il rencontrait au café, au trictrac et aux femmes qu'il désirait par-ci par-là. C'était la loi secrète des choses. Seuls les fous s'aventuraient à lutter contre le ressac de la mer, avait-elle coutume de penser.

Depuis la veille, la chambre 17 était occupée par un couple de Français. Eleni les avait vus arriver : des trentenaires joyeux, portant des vêtements colorés et exubérants.

En entrant dans la chambre inondée de soleil, elle sourit. Les gens du Nord ravis par la clarté du jour ne pensaient jamais à fermer les volets. Ils n'entretenaient aucun rapport étroit et suivi avec la chaleur. Durant leur séjour sur l'île, ils s'en gavaient, ce qui les laissait haletants dans le hall de l'hôtel, écrevisses hébétées mais heureuses. Certains poussaient leur enivrante adoration jusqu'à en perdre connaissance, transe sauvage plus proche des cultes obscurs que du monde policé dont ils étaient issus.

Eleni avait appris dès son plus jeune âge que l'astre lumineux n'était pas un dieu plaisantin, mais bel et bien maître de vie et de mort, tels la mer et les récifs, le destin et la fatalité.

Après un rapide coup d'œil destiné à évaluer la quantité de travail, elle se dirigea vers la salle de bains. Elle nettoya le lavabo, la douche, le sol et vida la poubelle. Elle se redressa et demeura un instant immobile pour reprendre son souffle. Ensuite elle jeta les serviettes sales dans une grande corbeille où elles rejoignirent la moiteur de leurs congénères.

Eleni aligna amoureusement les produits de beauté portant des noms vaporeux dans cette langue qu'elle préférait parmi toutes celles qui glissaient sur l'île : le français. Un petit flacon posé sur la console retint son attention. Elle le prit dans sa main, se permit de l'ouvrir et huma le parfum poivré qui s'en dégageait. Elle sourit en rebouchant soigneusement la minuscule bouteille.

Elle ne connaissait que trois mots de français, bonjour, merci et au revoir, ce qui était amplement suffisant pour l'usage qu'elle en faisait.

Son approche linguistique était uniquement sonore. Parfois elle écoutait son murmure dans la salle à manger. Il lui semblait que cette langue, et c'était bien son atout majeur, manquait totalement de sérieux. Aux oreilles d'Eleni, elle n'avait aucun ancrage dans la terre. Ses mots dansaient sur un parquet ciré, faisant de petites arabesques, des courbettes, se saluant, tirant des chapeaux invisibles dans un frémissement de satin et de tulle. Ces douces glissades devaient bien avoir des significations précises, désigner de vraies choses, Eleni en convenait, et c'était justement ce paradoxe qui lui paraissait formidable. Ce déploiement ailé de danseurs d'opéra pour demander le sel ou s'enquérir du temps, n'était-ce pas le comble du luxe ?

À la télévision, elle avait vu plusieurs émissions sur Paris, et à chaque fois, elle en avait ressenti comme un pincement au cœur. Une zone un peu douloureuse dans la poitrine, engendrée par un rendez-vous qu'on aurait eu jadis et auquel on ne se serait pas rendu, jugeant l'issue trop hasardeuse.

Eleni n'était pas femme à pincements. Mais Paris constituait une exception. Sa passion rêveuse était demeurée d'ailleurs totalement inavouée. C'était son jardin secret.

Tout en suivant le cours de ses réflexions, elle se rendit dans la chambre. Elle vida les cendriers et ramassa des bouts de papier avant de passer le balai entre les bagages et les affaires éparpillées.

Elle termina son balayage puis fit le lit lorsqu'une pensée la traversa. Elle allait envoyer une petite salutation aux habitants de Paris. Elle prit la chemise de nuit brodée de la jeune femme et l'arrangea délicatement sur le lit en la serrant fortement à la taille. Ainsi mise en valeur, elle reprit son aspect de marchandise convoitée, digne du mannequin suggéré qui allait la revêtir.

Eleni passa la soirée en compagnie de sa fille Dimitra, qui l'aida à préparer le repas et à faire la vaisselle. Panis dîna avec elles en leur racontant sa journée, puis sortit retrouver ses amis au café. Yannis avait téléphoné pour annoncer qu'il mangerait dehors avec des copains. Cela arrivait fréquemment. À seize ans, sa vie était déjà happée par l'extérieur. Dimitra se coucha de bonne heure et Eleni resta assise durant un moment devant la télévision, regardant distraitement un film dramatique qu'elle ne parvint pas à comprendre, ayant raté le début.

Le lendemain matin elle se leva avant les autres, et après avoir préparé du café pour sa famille, elle repartit au travail.

Le vent soufflait moins fort. La mer avait englouti ses moutons ce qui laissait présager une journée bien chaude. Elle avait pensé à apporter un bout de pain pour le chien errant rencontré la veille, mais celui-ci n'était pas au rendez-vous. Eleni déposa son offrande bien en vue sur un petit rocher. Comme à son habitude, elle arriva à six heures dix, accueillie par les gazouillements matinaux de la patronne.

Elle avait déjà fait une dizaine de chambres quand elle vit sortir le couple français peu avant dix heures. Ils se dirigèrent vers la salle à manger l'air enjoué.

Eleni décida d'attendre qu'ils aient quitté définitivement l'hôtel. Elle n'aimait pas être interrompue dans son travail par l'arrivée soudaine des clients sortant du petit déjeuner et faisant les cent pas devant la chambre. La gêne des autres la mettait toujours mal à l'aise. Ils se croyaient parfois obligés d'entamer une conversation en anglais, qu'Eleni ne comprenait pas, mais dont elle saisissait l'essentiel puisqu'elle portait toujours sur le temps. Alors, même si cela devait perturber ses horaires, elle préférait attendre que le champ soit libre pour pénétrer dans l'antre des intimités.

À dix heures trente, elle put enfin entrer dans la chambre 17. Elle se mit au travail, répétant exactement les mêmes gestes que la veille. Mais au moment de passer le balai, elle fit tomber quelque chose derrière elle. Elle se pencha pour le ramasser et vit qu'il s'agissait d'une figurine en bois. Elle se retourna et aperçut un échiquier sur lequel étaient déployées des pièces noires et blanches. Une partie en cours avait été interrompue.

Eleni regarda plus attentivement la pièce qu'elle tenait dans sa main. C'était un petit pion noir. Elle hésita et tenta de le remettre à sa place, mais elle ignorait où il se trouvait auparavant. Il y avait des pièces identiques un peu partout. Elle resta là un moment, son pion à la main, fixant l'échiquier, cherchant une logique. Finalement, elle abandonna, posa sa figurine à côté du plateau en bois et finit son ménage. Elle se

16

sentit désolée d'avoir anéanti la partie en route, puis se consola en se persuadant que ce n'était qu'une pièce mineure puisqu'il y en avait beaucoup de semblables. Ce n'était peut-être pas bien important.

En sortant, elle composa son petit salut de nuisette en guise d'excuses. La suite de sa journée de travail se déroula sans incident.

Arrivée en ville en début d'après-midi, elle aperçut Panis à la terrasse d'*Armenaki*, une petite taverne donnant sur le port. Elle s'arrêta un moment pour bavarder avec son mari et le patron, un petit homme trapu de quelques années son aîné, qui avait vécu toute sa vie à Naxos, mais que tout le monde continuait d'appeler l'Arménien, en vertu de ses origines. Elle accepta le petit verre d'ouzo qu'il lui offrit et le but en compagnie des deux hommes. Alors que la saison venait seulement de commencer, le soleil brûlait déjà.

Sur la terrasse ombragée, Eleni savoura ce petit moment de détente. Elle ôta ses chaussures, allongea ses jambes gonflées et ferma les yeux. Elle écouta le bruissement des conversations et le chant des serins jaunes que l'Arménien gardait dans deux petites cages suspendues au-dessus des tables. Ils poussaient des notes aiguës se répondant d'une prison à l'autre, comme s'ils participaient à un concours du Conservatoire. Le restaurateur possédait un troisième oiseau auquel il offrait la même vie en plein air et qu'il traitait avec autant de soin, mais qui se refusait à chanter. L'Arménien avait commis l'erreur de l'appeler Tarzan ce qui avait peut-être perturbé sa perception du monde.

Elle entendit le claquement sec des pièces en bois qui s'entrechoquaient et sut que l'Arménien avait sorti son jeu de trictrac. Les hommes commençaient une partie. La voix rauque de Panis commentant de temps à autre le jeu lui parvenait par bribes, suivie de celle plus haut perchée de l'Arménien. Au bout de quelques minutes, les voix s'espacèrent et les deux hommes jouèrent en silence, happés par leur univers feutré.

Soudain Eleni repensa au petit soldat de bois qu'elle avait fait tomber dans la chambre des Français et ainsi empêché de reprendre sa place dans les rangs de l'armée. Elle le revit seul à côté du damier, comme banni, suite à une quelconque faute commise. Pour une raison qui lui échappa, cette vision la troubla.

– Eleeeni !

Elle avait dû s'assoupir, car le troisième appel seulement parvint à ses oreilles. Elle sursauta et regarda autour d'elle, un peu désorientée par ses vagues lointaines qui l'avaient emportée. Son amie Katherina se tenait de l'autre côté de la route, près du môle, et lui faisait de grands signes.

– Eleeeni ! N'oublie pas de venir me voir tout à l'heure. J'ai fait du baklava.

Eleni opina, déplia ses membres engourdis, se leva et prit congé des deux hommes toujours penchés sur leur jeu. Ils lui répondirent par un grognement sans lever la tête.

L'appartement de Katherina était plongé dans une semi-obscurité, seule garante de la fraîcheur. Son amie s'activait autour de la gazinière surveillant le café qu'elle avait mis sur le feu. Un grand plateau rempli de baklava, dégoulinant de miel, était posé sur la table couverte d'un napperon de dentelle. Les napperons faisaient la fierté de Katherina. Elle trouvait qu'ils conféraient à son modeste intérieur la touche douillette d'une demeure plus aisée.

Les deux femmes s'assirent et bavardèrent un bon moment tout en sirotant leur café sucré. Elles se servaient de temps à autre une petite part du gâteau collant et ambré, qui rapetissait au fur et à mesure que leur conversation se prolongeait.

Elles se connaissaient depuis l'enfance. Rien de ce qui se passait dans les rues de la capitale naxienne n'échappait à l'attention de Katherina qui avait fait de la diffusion d'informations plus ou moins exactes une profession de foi. Elle avait d'ailleurs le temps de s'y consacrer corps et âme, puisqu'elle n'avait ni mari ni enfant, qui auraient pu réclamer l'un ou l'autre.

Quelques heures s'écoulèrent en commentaires éclairés sur la vie des uns et des autres, en conjectures sur les liaisons naissantes. Eleni écoutait plus qu'elle ne parlait. Elle appréciait les après-midi passés avec son amie de toujours pour leur reposante vacuité qui faisait par ailleurs complètement défaut à son emploi du temps.

Vers huit heures, Eleni regarda brusquement sa montre, ramassa ses affaires et quitta Katherina. Elle se dirigea vers la rue principale où elle devait vite faire quelques courses pour le dîner.

En descendant une petite ruelle dallée, qui menait du Kastro, partie supérieure de la ville surplombant majestueusement le port, à la ville basse, Eleni entendit la sirène du bateau. Elle hâta le pas. Panis n'aimait pas qu'elle serve le repas trop tard. Attendre avec la faim qui le tenaillait le mettait de mauvaise humeur.

Eleni se pliait volontiers à ces petits caprices masculins, qui se transmettaient de père en fils. Elle en avait l'habitude. Son père aussi avait été très à cheval sur les horaires des repas qui ponctuaient sa journée de travail. Pour les hommes de sa vie, la régularité absolue de l'alimentation constituait un rempart contre les aléas de l'existence. Comme si la mort ne pouvait faire sa sale besogne si l'on mangeait tous les soirs à neuf heures précises. Les hommes et les femmes ne partageaient pas les mêmes superstitions, Eleni le savait. Chez les hommes, ces croyances réconfortantes s'appelaient convictions intimes, ce qui ne changeait rien à leur nature.

Soudain Eleni s'arrêta net en plein milieu de la rue. Une pensée audacieuse venait de lui traverser l'esprit. « Je vais offrir un jeu d'échecs à Panis pour son anniversaire. Nous pourrons apprendre à jouer ensemble. »

Cette idée la frôla comme une robe de soirée satinée glisse sur l'épaule nue d'une danseuse dans la lumière scintillante des lustres. Elle ne déambulera pas sur les Champs-Élysées à la tombée de la nuit, elle ne prendra pas le café sur les grands boulevards et elle n'apprendra pas cette langue envoûtante. Mais elle jouera aux échecs avec son mari comme le font les femmes élégantes de Paris.

Ce fut le projet le plus audacieux et le plus fou qu'Eleni ait jamais conçu. Elle en eut le souffle coupé.

Lorsqu'elle rentra finalement à la maison, ses lourds sacs de commissions à la main, elle fut accueillie par la maussaderie ostentatoire de Panis, qui attendait son dîner. Eleni ne s'excusa pas, mais fila immédiatement à la cuisine pour préparer le repas. Celui-ci se déroula en silence. La dernière bouchée avalée, Panis se leva et embrassa Eleni et Dimitra sur le front. Il murmura :

– À tout à l'heure, les filles.

Et quitta la maison. Eleni hocha la tête, se leva à son tour et débarrassa la table. Elle fit la vaisselle en écoutant les chansons langoureuses que la radio diffusait.

L'anniversaire de Panis aurait lieu dans deux semaines. Il faudrait choisir un très bel échiquier. Mais elle dut vite se rendre à l'évidence : cela ne serait pas chose aisée. Les rumeurs allaient encore plus vite que le vent à Chora où tout le monde se connaissait plus ou moins. Eleni avait toujours aimé cette ambiance familière où chaque événement était commenté avec curiosité et bienveillance. Mais maintenant, cela l'incommodait et elle aurait voulu échapper à cette surveillance.

Il lui était impossible de se rendre dans un magasin de la vieille ville pour choisir un échiquier. Elle ne pouvait pas acquérir un objet aussi singulier sans attirer l'attention. Panis aurait été au courant avant la fin de la journée, sa surprise aurait été anéantie.

Le lendemain elle se rendit dans un magasin pour touristes qui longeait le port et dont le propriétaire ne la connaissait pas, car les Naxiens faisaient rarement leurs emplettes dans ce genre d'échoppes. Elle regarda les rayonnages d'un air qui se voulait détaché, mais ne vit aucun échiquier. Demander au propriétaire aurait été risqué. Même s'il ne la connaissait pas personnellement, il y avait de fortes chances qu'il soit en contact avec quelqu'un de son entourage. Elle dut donc se résoudre à quitter le magasin en adressant un grand sourire poli sans avoir trouvé l'objet de son désir.

Elle s'assit dans un bar, commanda un Nescafé frappé et réfléchit. Qui pourrait-elle mettre dans la confidence ? Son frère aurait été la personne toute désignée. Or, il avait quitté Naxos depuis longtemps pour ouvrir un petit commerce d'engins agricoles à Santorin. Leurs rapports étaient chaleureux, mais leurs rencontres limitées à deux ou trois par an pour célébrer les fêtes religieuses ou familiales.

Tout en sirotant son Nescafé frais et sucré, Eleni passa en revue les autres personnes proches, mais aucune d'entre elles ne parut convenir. Les femmes étaient exclues d'emblée. Ne restaient plus que ses connaissances masculines ou alors les enfants. Elle n'avait aucune envie d'y envoyer Yannis : il aurait trouvé la quête tellement insolite qu'il aurait été incapable de garder le secret pour lui. La douce Dimitra, sa fille adorée, toujours prête à rendre service, ne pouvait lui être d'aucun secours dans cette entreprise. Que sa fille ou elle-même y aille revenait strictement au même. Non, ce n'était pas une bonne idée.

Ses réflexions furent interrompues par l'arrivée impromptue de Katherina. Ravie de tomber à l'improviste sur son amie, Katherina s'assit à ses côtés et commença immédiatement à l'entretenir de choses et d'autres. Malgré ses efforts pour résister à ce flot de paroles, Eleni perdit le fil de ses pensées.

Contrairement à ce qu'elle avait espéré, la soirée ne se prêta pas non plus à l'élaboration d'un plan. Panis décida de rester à la maison. Il se montra d'humeur joyeuse et bavarde. Eleni dut remettre ses réflexions au lendemain, mercredi.

Le mercredi était un jour propice à la résolution du problème puisque Dimitra ne rentrait que le soir. Eleni se dépêcha de finir son travail à l'hôtel. Puis elle prit le bus pour Halki. À l'Arménien, croisé à la station, elle raconta qu'elle allait rendre visite à ses vieux parents, ce qui était la chose la plus naturelle du monde. Il la chargea de leur transmettre son bonjour, ce qu'Eleni promit.

Le bus traça sa route à travers plaines et montagnes. Ce trajet, qu'elle avait toujours beaucoup aimé parce qu'il lui permettait de rêvasser tout en regardant le paysage défiler, lui parut cette fois très long. Elle avait hâte de voir si le plan qu'elle avait échafaudé pendant la nuit pourrait se réaliser.

Arrivée dans son village natal, elle n'emprunta pas le chemin habituel qui longeait les oliviers menant vers la maison de ses parents, mais grimpa une petite ruelle pavée. Elle devait se dépêcher. L'heure du repas était le meilleur moment pour une visite.

Après avoir cherché pendant un instant, elle trouva enfin la petite maison en pierres de couleur ocre, entourée d'un jardin assoiffé. Soudain elle eut une hésitation, une vague d'appréhension l'envahit. Comment allait-elle être reçue après tant d'années ? Elle faillit s'en retourner sans avoir accompli sa mission lorsqu'elle entendit des pas qui semblaient approcher de la porte. Elle prit une grande inspiration et appuya sur la sonnette.

Un vieil homme très maigre en bras de chemise ouvrit presque aussitôt. Il plissa les yeux et mit quelques secondes avant de la reconnaître. Puis, au grand soulagement d'Eleni, un sourire éclaira son visage. Eleni à son tour esquissa un sourire et dit :

– Bonjour, professeur Kouros. Excusez le dérangement.

Le vieil homme la conduisit dans son salon. Sur la table protégée par un bout de journal était posée une assiette remplie de soupe aux haricots. Le vieil homme servit un petit verre de vin blanc à Eleni sans lui demander son avis, puis lui offrit un siège. Eleni, mal à l'aise, s'assit sur le bord de la chaise. En équilibre fragile, elle était obligée de s'appuyer fortement sur ses jambes pour ne pas tomber. Cette position la désavantageait, mais elle n'avait pas le courage d'y remédier.

Le professeur, ignorant volontairement sa gêne, s'assit à son tour et continua de manger sa soupe. Il en proposa à Eleni, qui déclina poliment l'invitation.

Elle but son vin à petites gorgées cherchant comment formuler sa requête, qui lui paraissait soudain incongrue.

Pour rassembler ses esprits, elle laissa son regard errer dans la pièce plongée dans la pénombre, découvrant quelques meubles en bois et un fauteuil recouvert d'un tissu rouge élimé. Seuls quelques objets exotiques, rapportés de voyages, sortaient du cadre d'extrême simplicité, voire d'austérité, dans lequel vivait le professeur. Deux masques africains, suspendus au-dessus du vestibule, la dévisageaient sombrement. Une peinture naïve, de facture asiatique, représentait des personnages noirs descendant dans des barques une petite rivière. Un grand plat jaune foncé en terre cuite, rempli de fruits, était posé sur une console. Une légère odeur d'après-rasage flottait dans l'air, un soupçon de coquetterie contrastant avec l'aspect ascétique du professeur. Cette odeur lui rappelait le parfum poivré qu'elle avait senti dans la chambre des Parisiens. Si le maître avait le goût des voyages, peut-être était-il allé à Paris ? La question lui brûlait la langue, mais elle n'osa pas la formuler.

Eleni n'avait jamais mis les pieds auparavant dans la maison de Kouros. Elle n'avait jamais connu le professeur autrement qu'assis derrière son bureau faisant face à une classe d'élèves agités. Il avait été juste, à la fois affable et lointain, toujours d'humeur égale, tout au moins en apparence.

Il portait un pantalon noir identique à celui qu'elle lui avait connu à l'époque. Sa veste de la même couleur était posée sur le dossier d'une chaise.

Kouros rompit le silence, s'enquérant de la santé d'Eleni. Il écouta patiemment la réponse, l'accueillit avec un sourire, puis se concentra à nouveau sur sa soupe. Il savait par expérience que ses anciens élèves, à quelques rares exceptions près, venaient toujours le voir avec un but précis et il leur fallait toujours un petit temps d'adaptation. Dans la plupart des cas, ils lui demandaient de rédiger une lettre administrative ou de leur expliquer les termes compliqués d'un papier officiel qu'ils avaient reçu. Souvent il s'agissait d'un héritage ou d'un conflit juridique avec le voisin concernant la délimitation d'un terrain.

Eleni avait été son élève trente ans auparavant, et s'il devait être franc, elle n'avait laissé aucune trace particulière dans sa mémoire. Ses exploits scolaires devaient être médiocres et son apparence n'avait rien d'extraordinaire. Il croyait se souvenir qu'elle avait été une petite fille sans histoire.

Eleni demeura silencieuse, regardant toujours autour d'elle comme si les objets dans le salon avaient pu voler à son secours. Mais les choses demeuraient dans une indifférence fruste et ne lui suggérèrent rien.

Finalement Eleni se décida.

— Professeur, je voudrais que vous achetiez un échiquier à ma place, dit-elle, embarrassée par la rapide franchise qu'avaient choisie les mots pour se séparer d'elle.

Le vieil homme leva la tête et la regarda. Il s'efforça de dissimuler sa surprise.

— Un échiquier ? dit-il pour gagner un peu de temps.

— Oui, c'est ça, répliqua Eleni sans songer à s'expliquer davantage.

Son interlocuteur se saisit de la carafe de vin et les resservit tous les deux. Intrigué, il partit à la pêche aux informations.

– C'est un très beau jeu. Un des plus anciens du monde, dit-il évasivement. Le roi des jeux, si l'on peut dire. Difficile, mais beau.

Eleni se trahit :

– Très difficile ? demanda-t-elle avec un petit chavirement dans la voix.

Le professeur répondit à ce désarroi soudain par un mensonge.

– Non, dit-il, pas trop.

Il avait perçu quelque chose, comme une lueur filante, qui lui avait dicté la prudence.

– Pour qui voudrais-tu acheter ce jeu, Eleni ? demanda-t-il.

Il avait conservé l'habitude de tutoyer ses anciens élèves comme un rappel du lien qui les avait unis autrefois. Eleni répondit rapidement que c'était pour l'anniversaire de son mari. Kouros s'étonna de la subite passion du garagiste Panis pour les échecs. Il n'y avait que très peu de Grecs des îles qui jouaient à ce jeu difficile demandant de longues plages de réflexion. Lui-même y avait un peu joué dans sa jeunesse, mais avait arrêté assez rapidement, faute de trouver à long terme un partenaire compétent. C'était là une drôle d'idée qu'avait son ancienne élève.

Il aurait voulu questionner Eleni plus ouvertement, mais se borna à lui demander gentiment si son mari était déjà initié à ce jeu. Eleni secoua la tête. Kouros opina pensivement.

– Il faudra donc peut-être aussi acquérir un manuel simple qui expose les règles du jeu.

La proposition plut à Eleni et le professeur consentit à s'acquitter de cette tâche. Eleni sortit son portemonnaie et hésita un moment. Elle ne savait quelle somme donner au professeur pour ce cadeau, ignorant complètement le prix de son futur achat. Kouros la rassura. Il allait acheter l'échiquier avec son propre argent. Ensuite elle pourrait lui rembourser la somme exacte. Avant de partir, Eleni insista pour qu'il choisisse bien le plus bel exemplaire. Kouros le lui promit.

Le cœur léger, Eleni fit un crochet chez ses parents avant de reprendre le chemin de la capitale. Son plus grand problème avait trouvé une solution merveilleuse. Elle se félicita de son initiative.

Le retour fut une partie de plaisir. Eleni se sentait comme autrefois, dans son enfance, le dimanche, les rares fois où la famille faisait une excursion dans les environs. Tout lui paraissait merveilleux. Le vol des oiseaux, la couleur des champs, du ciel, et le vent marin qui agitait les maigres bras des oliviers.

Le jeudi matin, elle se rendit au travail plus tôt que d'habitude. À cinq heures et quart, elle était déjà à l'hôtel, chamboulant ainsi complètement les habitudes de la patronne qui ne savait que faire d'Eleni de si bonne heure. Aucun client ne quitta sa chambre avant six heures et demie et Eleni tourna en rond dans le hall, feuilletant distraitement des revues, impatiente de commencer sa ronde. Elle voulait surtout accéder à la chambre 17 et revoir l'échiquier des Parisiens. Elle avait envie de toucher les pièces en bois et de regarder leur distribution. Peut-être aurait-elle de la chance et les pièces seraient disposées à leur point de départ. Elle pourrait alors apprendre à les arranger correctement et ainsi, quand Panis découvrirait son cadeau d'anniversaire, Eleni serait déjà en mesure de les placer sur l'échiquier. Ce serait un bon début qui encouragerait Panis à se lancer dans la découverte de ce nouveau jeu.

Au désespoir d'Eleni, les Français faisaient la grasse matinée. Ils ont dû se coucher très tard, songea-t-elle quand elle les aperçut enfin sur la petite terrasse attenante à leur chambre, prenant leur petit déjeuner. Les rires de la jeune femme ponctuaient leur conversation à voix basse. Quand ils se décidèrent enfin à quitter l'hôtel, il était déjà dix heures et demie. La Parisienne portait un chapeau à bords étroits et un large sourire éclairait son visage.

Eleni se dépêcha de finir la chambre 11, puis se glissa dans la 17. Elle se dirigea directement vers la petite table pour vérifier si le jeu s'y trouvait. Elle le vit immédiatement, mais à sa grande déception, les pièces étaient jetées sur le damier, sens dessus dessous. À côté du plateau étaient posés deux verres vides qui, la veille au soir, avaient contenu de l'ouzo. Eleni tenta de mettre les armées de bois face à face, mais abandonna rapidement. Elle dut s'avouer qu'elle ne connaissait même pas le nom des pièces. Il y avait deux chevaux, et elle avait aussi repéré le couple royal, mais les petits bouts de bois sculptés en pointe lui étaient totalement inconnus.

Avec un soupir, elle se mit au travail. « Folie, pensa-t-elle. Il l'avait bien dit, maître Kouros, que c'était difficile. Ce n'est pas pour des gens comme Panis et moi. »

Elle se sentit étrangement abattue, comme si, pour la première fois, son destin, inexorable, se révélait à elle. La douleur dans les jambes qu'elle ressentait certains jours redoubla.

Son travail terminé, Eleni rentra lentement à la maison et se mit à préparer une soupe de pois chiches. Quand Dimitra revint de l'école, elle l'écouta distraitement lui raconter sa journée. Aussitôt le déjeuner terminé, elle s'apprêtait à sortir lorsque le téléphone sonna. Elle répondit sans entrain et reconnut à sa grande surprise la voix de Kouros.

— Eleni, dit-il. Je suis en ville. Écoute-moi bien. Je suis allé voir Andreas pour lui demander s'il ne pouvait pas commander un bel échiquier à Athènes. J'ai inventé une petite histoire. Il ne se doute de rien, ne t'inquiète pas. Il m'a parlé d'un échiquier électronique.

Eleni s'assit. D'une voix faible, n'osant pas dire à son ancien professeur qu'elle avait réfléchi, que tout cela était pure folie, elle répondit :

— Mais cela doit être encore plus difficile.

— Pas du tout, riposta Kouros avec un enthousiasme non dissimulé. Il marche avec des piles. On peut le brancher et jouer seul contre la machine. C'est la meilleure façon d'apprendre. De mon temps, cela n'existait pas encore. La technologie fait des progrès incroyables, tu ne trouves pas, ma petite Eleni ? En revanche, je crains que l'échiquier soit moins beau. Il faudra choisir.

Eleni ne put s'empêcher de sourire malgré le découragement vivace qui l'avait envahi. Personne ne l'avait plus appelée « ma petite Eleni » depuis bientôt quinze ans. Elle donna carte blanche au maître, qui s'était déplacé exprès pour elle.

Après avoir raccroché, elle resta un moment assise sur sa chaise au milieu du couloir et regarda les murs vert pomme dont la peinture s'écaillait à certains endroits. Elle ne partageait pas du tout l'émerveillement de Kouros devant le progrès. Elle avait plutôt l'impression que celui-ci s'insinuait de manière sournoise par tous les petits interstices de sa vie et la poussait vers les marges.

Elle se sentait de plus en plus étrangère à ce monde moderne. « Je ne sais même pas conduire une voiture alors que mon mari tient un garage », pensa Eleni avec un sentiment d'humiliation jusque-là inconnu. Et maintenant Kouros lui proposait de jouer aux échecs avec une machine. Elle éclata de rire, tellement cette idée lui sembla comique.

La tête de sa fille passa aussitôt par la porte de sa chambre pour voir pourquoi sa mère riait toute seule dans le couloir. Eleni lui fit un sourire distrait, se leva, prit son sac et quitta la maison.

Le grand jour arriva. La veille, Eleni avait récupéré la machine qui savait jouer aux échecs chez son professeur à Halki. Le vieil homme lui avait présenté avec une certaine fierté le damier noir et blanc qui portait dans son ventre les pièces de la bataille. Eleni avait été très déçue par sa petite taille et son aspect sobre, presque clinique, à mille lieues du bel exemplaire en bois appartenant aux touristes français. Ne voulant pas blesser le maître, elle avait caché sa déception et l'avait chaleureusement remercié. Elle lui avait remboursé le prix, plus élevé qu'elle n'avait espéré, puis était repartie, la machine infernale et un petit manuel sous le bras. En ville, elle avait acheté un beau papier coloré pour emballer son cadeau.

Elle était rentrée plus tôt que d'habitude de son travail et avait dressé une belle table pour le déjeuner. Son petit paquet enrubanné trônait sur l'assiette de Panis, qui devait arriver d'un moment à l'autre. Eleni éprouva quelque chose qu'elle aurait pu identifier comme du trac si elle avait déjà été sujette à cette poussée d'adrénaline soudaine. Mais c'était la première fois qu'une telle sensation l'envahissait. Nerveuse, elle fit des allers et retours entre la cuisine et le salon, vérifiant tantôt la cuisson de son rôti, tantôt l'arrangement des assiettes sur la table.

Elle entendit la clé tourner dans la porte et remplit un pichet de vin blanc. Dimitra sauta au cou de son père lui souhaitant bon anniversaire, Yannis lui serra virilement la main et Eleni l'embrassa avant de disparaître en cuisine pour se donner une contenance. Quand elle resurgit, le grand plat de *dolmades* à la main, Panis était en train de déchirer l'emballage de son cadeau. Elle posa le plat au centre de la table et s'assit sans rien dire.

Panis découvrit l'échiquier avec une surprise non dissimulée. Les enfants se penchèrent également sur le damier compact sans comprendre le sens de ce cadeau. « Folie », pensa-t-elle.

– C'est un échiquier, dit-elle.

Panis émit un grognement approbateur hésitant.

– Je pensais qu'on pouvait apprendre ensemble à y jouer, rajouta Eleni timidement.

Panis lui jeta un regard incrédule puis afficha un grand sourire et la remercia chaleureusement pour ce cadeau original. Il mit l'échiquier sur la console puis se servit des *dolmades*.

Malgré quelques allusions discrètes mais répétées d'Eleni, durant les semaines qui suivirent, l'échiquier resta sur la console sans que personne y touchât. Eleni le dépoussiérait régulièrement, faisait glisser son chiffon sur la surface lisse du damier en pensant avec nostalgie au couple de Parisiens repartis depuis longtemps et qui vaquaient maintenant à leurs affaires dans la capitale française. Eleni imagina une vie de confettis sous un ciel étoilé, une terrasse fleurie donnant sur la tour Eiffel et soupira.

La saison battait son plein à Naxos. Certains jours, le thermomètre affichait quarante degrés à l'ombre et sans le vent qui soufflait souvent assez fort, les touristes auraient brûlé vifs. La nuit, habitants de l'île et visiteurs se retournaient dans leurs lits moites cherchant en vain le sommeil. Le jour, ils se traînaient mollement dans les rues ou sur les plages.

Eleni n'était pas de ceux-là. Ses nuits blanches se payaient cher le lendemain dans l'enfilade des chambres à nettoyer. La douleur dans les jambes était devenue permanente et la réveillait même la nuit dans les rares moments où elle avait, par bonheur, réussi à fermer l'œil. Mais ce qui s'annonçait comme une saison ardue et désenchantée fut en fait le grand tournant de son existence.

Une nuit particulièrement pénible, Eleni se leva doucement pour ne pas réveiller Panis et s'assit au salon. N'étant ni liseuse ni fumeuse, elle ne savait que faire de ce temps pris sur le sommeil.

Son regard tomba alors sur l'échiquier. Elle le prit entre ses mains, s'approcha de la table, s'assit et fit dégringoler toutes les pièces du ventre de la machine qui n'avait encore jamais été ouverte. Les figurines se répandirent sur la table, elle en rattrapa quelques-unes in extremis avant qu'elles ne tombent par terre.

Puis elle se mit à lire le petit manuel. Tout d'abord, elle s'efforça d'identifier les pièces décrites. Elle découvrit que les chevaux s'appelaient cavaliers en l'absence de toute présence humaine qui aurait pu guider leurs rênes. Elle disposa les deux armées, face à face, sur le damier. La première étape était franchie. Elle regarda le résultat avec satisfaction. Le jeu pouvait commencer.

Ensuite elle apprit les mouvements que les différentes figures étaient en droit d'effectuer. Les pions en première ligne ne lui semblaient pas dignes d'un grand intérêt. Leur trajet était simple, immuable et manquait de panache.

Le cavalier lui parut le plus difficile à manœuvrer avec ses sauts capricieux et imprévisibles. Elle dut relire trois fois la phrase : *Si un cavalier est installé sur une case noire, seules les cases blanches les plus proches et non contiguës lui sont accessibles et vice versa.* Elle la relut une nouvelle fois et faillit abandonner quand elle découvrit un dessin qui illustrait les bonds du cavalier. Poussant un petit soupir, elle continua sa lecture : « Quelle folie », pensa-t-elle.

La pièce pointue qu'elle n'avait pas pu reconnaître dans la chambre 17 et qui lui avait insufflé ce découragement intense était un fou. Étrange appellation, puisque ses déplacements étaient bien plus raisonnables que ceux du cavalier. Ce n'était pas ainsi qu'Eleni imaginait un fou. Ni d'ailleurs un roi. Comment une figure aussi peu mobile pouvait-elle représenter le roi ? Elle n'était pas spécialiste en matière de royauté, mais elle avait toujours imaginé une existence omnipotente, faite de luxe et de volupté. Ce roi n'avait rien de majestueux. Incapable de se défendre seul, il devait être protégé en permanence par les autres pièces. C'était pourtant lui qui décidait du résultat du jeu. Eleni réfléchit un instant à ce paradoxe.

En revanche, elle fut frappée par l'agilité de la reine. Pièce redoutable par excellence, elle régnait sur la partie avec ses avancées rapides et ses capacités multiples.

La seule figure féminine avait donc tous les pouvoirs. Cette idée subversive plut à Eleni. Elle faillit éclater de rire, mais se retint pour ne pas réveiller Panis qui n'aurait pas approuvé de tels accès d'hilarité au beau milieu de la nuit. Il fallait absolument qu'elle raconte le coup de la reine à Katherina. Elle ne la croirait pas.

Elle se leva et se servit un verre d'eau avant de poursuivre sa lecture. Quand elle se recoucha enfin, il était quatre heures du matin. Il ne lui restait plus qu'une heure de sommeil. Dans ses rêves, elle vit une armée de figurines fantaisistes foncer sur elle, qui, juste avant de l'atteindre, éclatait en bulles de toutes les couleurs.

Le manque de repos ne lui pesa pas ce jour-là. Elle était trop excitée par sa lecture de la nuit. Effectuant un balayage succinct, elle finit les chambres d'hôtel le plus rapidement possible. De toute façon, se dit-elle, ce n'était pas la peine de faire un nettoyage à fond tous les jours. Chez elle non plus, elle ne faisait pas le ménage quotidiennement. Les touristes ne verraient pas la différence. Ils n'étaient pas censés se mettre à quatre pattes pour contrôler l'état du sol sous leur lit. Eleni espérait bien qu'ils avaient autre chose à faire de leurs vacances.

Les clients, qui quittaient l'hôtel tard, l'exaspérèrent ce jour-là. « Allez, allez, avait-elle envie de leur dire, il faut profiter du soleil et de la mer. » Ses exhortations intérieures ne furent pas entendues ; les clients prenaient leur temps. Alors Eleni se demanda pour la première fois de sa vie professionnelle si elle aimait ces gens qui, tout compte fait, étaient terriblement encombrants.

Le supplice du travail et de l'attente terminé, Eleni dévala la pente qui la ramenait au centre-ville d'un pas rapide. Elle avait oublié cette douleur dans les jambes qui ordinairement lui donnait une démarche pesante. Elle se dirigea vers la maison de Katherina et sonna avec vigueur, trépignant presque devant la porte. Mais personne n'ouvrit. Katherina n'était pas chez elle. Un peu déçue, Eleni rebroussa chemin et rentra à la maison. Elle prépara un repas rapide pour sa fille, puis reprit l'échiquier et se replongea dans sa lecture du manuel. Elle entendit à peine son fils arriver, ne le remarquant que quand il fut debout devant elle. Elle lui donna alors un baiser distrait. Yannis n'y prêta pas d'attention. Il prit quelques vivres dans le réfrigérateur puis ressortit. Dimitra faisait ses devoirs dans sa chambre et l'après-midi s'écoula dans le silence concentré de l'apprentissage.

Le lendemain, Eleni refusa le café que la patronne du *Dionysos* lui offrit comme tous les matins. Celle-ci se montra un peu surprise. Jamais auparavant Eleni n'avait renoncé à leur petit rituel. La patronne but son breuvage toute seule en regardant la salle du restaurant vide, déjà inondée de soleil.

Un peu plus tard dans la matinée, elle croisa Eleni. Les deux femmes se sourirent. Il sembla à la patronne qu'Eleni poussait son chariot plus lestement que d'habitude.

Eleni ne chercha pas à voir Katherina après son travail, mais rentra directement chez elle, accomplit à la hâte ses tâches ménagères et se concentra à nouveau sur son échiquier. Décidée à prendre le taureau par les cornes, elle brancha l'appareil et lut attentivement les instructions. Il suffisait d'appuyer un peu fortement avec les pièces aimantées sur les cases où l'on voulait les placer pour que la machine enregistrât les mouvements et proposât une riposte. La case que celle-ci voulait jouer était déterminée par les clignotants qui se trouvaient au bord de chaque ligne, celui de la ligne horizontale et celui de la ligne verticale. Ils indiquaient la pièce qu'Eleni devait soulever. Ensuite, les clignotants déterminaient la case d'arrivée. Jusque-là, le mécanisme lui parut abordable.

Elle appuya alors sur le bouton « début de partie » et les petites lumières s'allumèrent. Eleni s'assit bien droite devant l'échiquier. Il fallait qu'elle effectue son premier mouvement. Après une longue réflexion, elle avança un des pions du milieu de deux cases. La machine comprit le mouvement et signala immédiatement sa propre intention de jeu. Eleni obéit à la demande. Ce fut à nouveau son tour. Elle continua. L'avancée fastidieuse des pions l'ennuyait un peu. Elle aurait voulu jouer sa dame au plus vite. Les pions la gênaient dans ses mouvements, mais elle continua à avancer pas à pas. Elle laissa ses cavaliers à leur place, puisqu'elle ne savait pas bien les utiliser et se concentra sur ses fous. Au bout de six échanges, elle sortit sa dame et la plaça au milieu de l'échiquier pour régner sur le plus de cases possible.

Au lieu de se sentir menacé, l'ordinateur vit la brèche qu'elle avait ouverte à son insu. Il la mit mat en deux coups. Eleni fut ébahie; elle n'avait rien vu venir. « Il faut que je sois plus sur mes gardes. Je me suis fait avoir bêtement », se dit-elle.

Elle remit les pièces en place pour recommencer, mais à ce moment-là, la porte s'ouvrit et Panis entra. Il s'attendait à trouver une famille réunie autour de la table dressée pour le dîner et découvrit sa femme penchée sur l'échiquier allumé à neuf heures du soir. Sa stupéfaction fut telle qu'il ne lui fit aucun reproche. Il s'avéra qu'Eleni n'avait pas fait de courses non plus, il n'y avait donc rien à manger. Elle rassembla rapidement ses pièces et les remit dans le ventre de la bête tout en cherchant une solution. Avec un air faussement enjoué, elle déclara que ce n'était nullement un oubli, et qu'elle avait l'intention d'inviter tout le monde au restaurant. Pourquoi ne pas faire de petites exceptions de temps à autre ? Bien que décontenancé par l'originalité de la proposition, Panis ne trouva rien à redire. La soirée prit alors un air de fête.

Intérieurement, Eleni se reprochait cette dépense inutile. Mais son naturel enthousiaste l'emporta sur ses remords. Revêtant sa plus jolie robe, elle aida Dimitra à se coiffer. Elle prit joyeusement le bras de Panis quand ils se dirigèrent vers le restaurant choisi. Tant qu'à faire, une fois n'est pas coutume, elle avait proposé de manger chez Nikos. Ils saluèrent quelques connaissances en passant et s'installèrent enfin sur la terrasse du premier étage qui offrait une vue magnifique sur le port. Ils dînèrent de crevettes frites et de calamars farcis, accompagnés d'une bouteille de vin blanc du pays en regardant les bateaux effectuer leurs manœuvres d'accostage. En guise de digestif, Nikos leur offrit une autre bouteille de vin et le repas se prolongea jusque tard dans la nuit. Panis se montra charmant. Il raconta quelques anecdotes survenues au garage et fit rire toute la famille en imitant les clients.

Dimitra, qui n'avait pas l'habitude des sorties noc-turnes, était aux anges.

Cette nuit-là, Panis et Eleni s'aimèrent passion-nément, ce qui ne leur arrivait plus très souvent. Le lendemain matin au petit déjeuner, ils étaient tous d'excellente humeur.

Malgré le succès indéniable de la soirée, Eleni prit désormais soin de dissimuler sa nouvelle activité aux yeux des autres. Une prudente intuition lui murmurait que les choses ne prendraient peut-être pas toujours une tournure aussi favorable et qu'à la longue, Panis ne verrait pas d'un bon œil son apprentissage.

Ainsi, l'après-midi suivant, elle chercha une cachette sûre pour son échiquier. Le plateau aimanté permet-tait de laisser en place les pièces d'une partie en cours. Elle remercia intérieurement son vieux professeur de lui avoir déniché ce modèle. Elle hésita longtemps. Le choix était limité. Elle ne voyait pas où elle aurait pu garder des objets à l'insu de tout le monde. Jamais elle n'avait éprouvé la nécessité de posséder ne serait-ce qu'un meuble personnel. Mais maintenant cette situation s'avérait ennuyeuse. Elle ne pouvait tout de même pas descendre à la cave chaque fois qu'elle entendrait quelqu'un rentrer. Non, il fallait que ce soit un endroit accessible et privé en même temps. Au bout de deux heures de réflexion et d'intense inspection des lieux, elle trouva une idée assez ingénieuse. Elle allait dissimuler le damier dans le congélateur. Aucun autre membre de la famille n'ouvrait ce coffre à glace. Elle aménagerait une surface plane à l'intérieur sur laquelle elle pourrait poser son échiquier en l'espace de quelques secondes. Très contente de sa trouvaille, elle espérait seulement que le grand froid ne nuirait pas aux piles qui alimentaient sa machine. Elle se promit d'en acheter des neuves au cas où les premières succomberaient.

Vingt chambres, quarante lits, quatre-vingts serviettes blanches, les cendriers à vider en nombre variable. Les matinées d'Eleni s'écoulaient dans l'exercice de ses fonctions. Avec, comme seule différence, le fait qu'elle refusait maintenant systématiquement le petit café que Maria lui proposait, pour ne pas perdre trop de temps.

Ce changement subit éveilla les soupçons de la patronne. D'abord elle se demanda si elle n'avait pas dit quelque chose qu'Eleni aurait mal pris. Cherchant dans sa mémoire, elle ne trouva pas le moindre incident qui aurait pu la froisser. Elle finit par poser ouvertement la question à Eleni qui s'empressa de démentir, prétextant une simple surcharge de travail domestique. Maria ne fut pas convaincue par cet argument. La nouvelle situation lui pesait ; elle nuisait à son besoin d'harmonie. Elle mentionna le changement d'attitude d'Eleni à son fils, mais celui-ci ne comprit pas en quoi cela posait un problème. Eleni était là pour s'occuper des chambres, ce qu'elle faisait. Le reste ne les regardait pas. Maria fut contrainte d'admettre qu'il avait raison, mais tout de même, la chose l'intriguait. Après avoir échafaudé un certain nombre d'hypothèses, aussi plausibles les unes que les autres, sans parvenir à un résultat satisfaisant, elle finit par se demander si Eleni n'avait pas pris un amant. C'était difficile à imaginer. Elle soumit sa nouvelle hypothèse à son fils qui, cette fois, éclata de rire et dit :

– En tout cas, je le lui souhaite.

La patronne trouva cette réaction fortement déplacée, mais comprit qu'elle ne pouvait pas compter sur son fils pour l'aider à élucider ce mystère.

Elle n'était pas la seule à s'interroger sur Eleni. Katherina se posait les mêmes questions. Son amie ne passait plus jamais la voir après le travail. Tout en étant toujours aussi aimable, elle se montrait insensible au baklava et aux ragots. À chaque fois qu'elle la croisait, un nouvel obstacle empêchait un tête-à-tête prolongé.

Les prétextes qu'Eleni inventait étaient multiples. Elle aurait voulu dire la vérité à son amie, mais ne voyait pas comment lui avouer sa nouvelle passion. Katherina n'aurait sans doute pas compris. Et d'ailleurs, se dit-elle, c'était tout à fait naturel. Elle-même comprenait à peine. Comment parler de cette fascination étrange, de cette sensation de plonger dans un autre monde ? Eleni ne disposait pas de mots pour décrire cette évasion clandestine, ce lambeau de vie qui lui appartenait en propre, où se manifestait une soif d'apprendre jusque-là ignorée. Alors elle se tut et continua à tisser un cocon de subterfuges autour d'elle.

Son apprentissage était loin d'être aisé. Elle progressait lentement dans la lecture du manuel et dans l'assimilation des cas de figures évoqués, de plus en plus complexes.

La deuxième partie qu'elle joua contre la machine fut également perdue en huit coups alors qu'elle avait été bien plus prudente et que le niveau de jeu était réglé sur un.

La troisième partie fut un désastre. Son adversaire électronique lui envoya des signaux qu'elle ne parvenait pas à déchiffrer. Elle s'efforça de suivre ses ordres, mais sa confusion fut totale lorsque celui-ci lui indiqua qu'il voulait effectuer un petit roque. Elle dut chercher dans son livre pendant une demi-heure avant de comprendre les deux clignotements successifs qui marquaient les déplacements simultanés de la tour et du roi. Finalement, elle en trouva la raison. Elle se familiarisa avec le petit, puis avec le grand roque. Cette nouvelle découverte l'enchanta : d'instinct, elle saisit l'importance que pouvait avoir cette astuce pour déjouer l'attaque de l'adversaire.

Elle continua à se battre valeureusement contre les perfidies de la machine. Ses efforts étaient souvent interrompus brusquement par un membre de la famille rentrant à l'improviste. Un jour, Eleni jouait à peine depuis une vingtaine de minutes quand la machine effectua une prise en passant, incompréhensible. Eleni avait appris que les prises de pions devaient se faire en diagonale. Ce que l'ordinateur lui proposait était totalement opposé au règlement de base. Elle crut d'abord à une erreur, mais la machine continua à clignoter imperturbablement. Cette fois, elle perdit patience.

– Pourquoi tu ne parles pas, sale bête ? s'écria-t-elle.

Elle balaya le jeu en cours d'un revers de la main et se leva d'un bond. Elle se servit un verre de vin blanc et le vida d'une traite. Mais avant de pouvoir déverser toute sa hargne sur la machine, elle entendit une clé tourner dans la serrure et se dépêcha de faire disparaître le jeu.

Yannis trouva sa mère debout dans le salon, les bras ballants. Il en ressentit un certain malaise. L'expression étrange qu'elle affichait le dissuada pourtant de la questionner. Il se contenta de l'embrasser plus affectueusement que d'habitude avant de gagner sa chambre. En appliquant son baiser sur la joue de sa mère, il constata qu'elle avait bu du vin au milieu de l'après-midi, ce qui ne manqua pas de le surprendre. Il se dit qu'elle avait peut-être reçu une mauvaise nouvelle et qu'il valait mieux attendre qu'elle en parle de son propre chef. Et en bon fils de son père et de sa mère, qui ne lui avaient jamais enseigné autre chose, il pensa également que les femmes, par leur constitution, étaient sujettes à des sautes d'humeur incompréhensibles, et qu'il était plus prudent de les laisser seules dans ces cas-là. En l'occurrence, cette croyance, fondée sur un concept douteux, arrangeait tout le monde.

Le lendemain matin, pendant qu'elle poussait son chariot dans les couloirs de l'hôtel, guettant le départ des clients, Eleni réfléchit. Elle ne pouvait pas continuer toute seule avec l'échiquier électronique comme interlocuteur. Elle avait depuis longtemps renoncé à tout espoir de jouer avec Panis, qui ne manifestait pas le moindre intérêt pour ce jeu. Jouer aux échecs avec sa femme lui était d'emblée apparu comme une idée totalement incongrue, une lubie passagère, indigne de s'y attarder.

Les vingt chambres, quarante lits, quatre-vingts serviettes blanches, les cendriers à vider en nombre variable ne suffirent pas à Eleni pour trouver une idée. Elle ne pouvait tout de même pas demander aux touristes qui peuplaient l'hôtel de jouer avec elle. « Tout ça est une folie. » Elle prit son sac, salua chaleureusement la patronne, qu'elle sentait suspicieuse depuis un certain temps, et se mit en route. Elle descendit lentement la colline crevassée, toujours absorbée dans ses pensées lugubres.

Arrivée sur l'esplanade du port, elle regarda un moment le grand bateau *Flying Dolphin* en provenance du Pirée, qui était amarré et déversait sur l'île un nouveau flot de visiteurs. Elle se mit à rêver d'une vie à Athènes, qu'elle n'avait visitée qu'une seule fois avec Panis et dont elle ne gardait qu'un vague souvenir. À Athènes, ce problème si difficile à résoudre n'existerait pas. Elle aurait pu aller où elle voulait, jouer avec qui elle voulait. Personne ne l'aurait jamais su. Elle aurait même pu s'inscrire dans un club.

Pour la première fois de sa vie, elle sentit l'appel du large. L'île lui parut, d'un seul coup, si horriblement petite qu'elle en fut presque oppressée. Jamais auparavant elle n'avait physiquement ressenti les limites de Naxos, petit bout de terre ceint par la mer. « Et je ne sais même pas nager », pensa-t-elle, comme si cela pouvait changer quoi que ce soit.

Tandis qu'elle restait plantée là sur le môle, regardant fixement le bateau qui avait refermé son gros ventre et s'apprêtait à repartir, le hasard lui vint en aide.

Une silhouette maigre et courbée avançait doucement vers elle. Eleni ne la remarqua pas ; elle se débattait avec son vertige. Elle eut un étourdissement et dut s'asseoir sur une borne d'amarrage qui se trouvait fort heureusement à un mètre d'elle. Elle sentit son cœur battre jusque dans sa tête, où tout ce sang affluant faisait un vacarme du diable.

Entre-temps, la silhouette s'était approchée, devenant peu à peu reconnaissable : Kouros.

– Alors ma petite Eleni, on regarde les bateaux ? lui demanda-t-il quand il fut arrivé à sa hauteur.

Elle reconnut le professeur à la dernière minute.

– C'est la chaleur, décréta Kouros, qui voyait bien que quelque chose n'allait pas. Tu ne devrais pas rester là au soleil. Viens avec moi. On va boire quelque chose à l'ombre.

Et avec une autorité trahissant l'ancien professeur et démentant la fragilité de sa silhouette, il prit Eleni par le bras, la hissa sur ses pieds et la guida vers un café proche qui disposait de quelques chaises sous un généreux platane. Eleni n'avait pas dit un mot.

Kouros commanda deux orangeades et attendit patiemment qu'Eleni recouvrât ses esprits. Après avoir pris quelques gorgées de sa boisson et en avoir vanté les vertus rafraîchissantes, il estima que le temps était venu d'aborder d'autres sujets.

– Ma petite Eleni, je suis un vieil homme. Tu devrais me parler franchement. À qui d'autre peut-on se confier si ce n'est aux vieux qui n'ont plus d'ancrage passionnel dans ce monde ?

Eleni le regarda avec surprise. Malgré sa faiblesse et sa difficulté à rassembler ses esprits, elle nota la tournure « ancrage passionnel » et la trouva très élégante.

– Si je pouvais parler comme vous, professeur, ce serait peut-être plus facile, répondit-elle sincèrement mais prudemment.

En vérité, elle avait confiance en Kouros, mais l'admiration qu'elle lui vouait rendait sa confession encore plus difficile. Elle saisissait instinctivement qu'il était peut-être le seul à pouvoir l'aider. Pourtant elle ne parvenait pas à formuler sa détresse. Le principal obstacle était qu'elle se sentait ridicule et honteuse. N'était-elle pas connue pour son humeur constante et son bon sens ? Et maintenant elle se mettait dans tous ses états pour un jeu stupide. Qu'est-ce qu'il pouvait bien penser d'elle, le professeur ? Tandis que ces réflexions lui passaient par la tête, elle se tut. Puis tout d'un coup, prenant un élan intérieur, elle dit très vite pour ne pas avoir le temps de le regretter :

– C'est à cause des échecs.

Kouros, formulant l'hypothèse la plus évidente, demanda doucement :

– Panis n'a pas aimé son cadeau ?

Eleni secoua la tête.

– Non, dit-elle.

Le professeur sortit de petites feuilles de papier et du tabac de sa poche et se mit à rouler une cigarette.

– Mais le problème n'est pas Panis. Le problème, c'est moi, poursuivit Eleni soulagée d'avoir dit le plus difficile.

Kouros la regarda attentivement. Cette femme à la parole pauvre commençait à éveiller un certain intérêt chez lui. Il vit ce qu'il y avait d'héroïque dans cette façon de se lancer au cœur des choses et de ne pas en démordre.

– Si tu cherches un partenaire, ma petite Eleni, je serai prêt à me sacrifier, dit-il avec un sourire. Bien que je n'aie pas joué depuis longtemps, et qu'à mon âge, le cerveau rechigne à redéployer ses ailes.

Le visage d'Eleni s'éclaircit.

– Vous feriez ça, professeur ? Ce serait formidable, s'écria-t-elle, négligeant la dernière remarque de Kouros.

Le professeur hocha la tête tout en allumant sa cigarette. Il était lui-même un peu surpris par la proposition qu'il venait de lui faire. C'était sans doute une bonne idée de reprendre une activité régulière qui stimulerait ses petites cellules grises. Mais cette décision impliquait tout de même un changement important d'habitudes. Par goût ou par paresse, il ne voyait plus grand monde. La solitude assumée, c'est la liberté, avait-il décrété. Il avait réussi à apprivoiser la solitude, à la faire sienne ; cela s'était fait progressivement, au cours des années, presque imperceptiblement. Être son unique interlocuteur était somme toute assez agréable. Cela limitait les conflits. Et puis il pouvait vivre ses lubies comme bon lui semblait. Ses journées lui appartenaient entièrement. Et comme, à bientôt quatre-vingts ans, il était raisonnable de penser qu'elles étaient comptées, il veillait jalousement sur elles. Il avait acquis ce privilège de ne plus s'ennuyer en société. Il pouvait enfin faire l'école buissonnière au lieu de se rendre à des réunions mondaines, n'ayant plus de rôle à jouer au propre comme au figuré.

Et à présent, sur un coup de tête, il allait mettre en péril cette nonchalance qu'il avait mis des années à acquérir. Certes, jouer aux échecs n'était pas un engagement à plein temps, mais c'était quand même une contrainte, une promesse. N'avait-il pas largement dépassé l'âge des promesses ?

Il laissa ses yeux vagabonder sur l'animation bigarrée du quai : les camions qui chargeaient ou déchargeaient des marchandises, les chauffeurs de taxi qui discutaient sur un banc en attendant la clientèle, les allées et venues sur les terrasses des tavernes, les Naxiens qui faisaient leurs courses marquant une halte ici ou là pour saluer une connaissance. La vie de Chora était faite de répétitions et de variations. Mais la constance l'emportait largement sur le changement, d'ailleurs essentiellement numérique et financier. Comme soumise à une forte marée, la population enflait durant les mois d'été et rapetissait considérablement l'hiver. Le beau temps amenait quelques distractions, et des devises qui faisaient vivre l'île le reste de l'année. Il fallait avouer que sans l'affluence des étrangers, y compris des Athéniens venant travailler durant la saison, la vie aurait été un peu triste.

Eleni n'osa pas tirer le professeur de sa rêverie. Elle aurait tellement voulu lui dire sa gratitude. Il lui faisait un grand honneur en acceptant de jouer avec elle. Il ne fallait surtout pas qu'elle le déçoive. Dès qu'elle aurait regagné la maison, elle se remettrait immédiatement à la lecture de son manuel.

Kouros abandonna le cours de ses pensées, concluant que tout compte fait, un petit changement ne pouvait pas lui faire de mal. Il adressa un large sourire à Eleni, appela le garçon et paya les orangeades. Eleni protesta, mais il ne voulait rien entendre. Alors elle se confondit en remerciements qu'il abrégea en se levant et en ramassant ses affaires.

Il fut convenu qu'Eleni se rendrait une fois par semaine chez Kouros à Halki pour une partie d'échecs.

Désormais, chaque semaine, Eleni avait donc réellement un rendez-vous clandestin, comme certains l'avaient soupçonné. Les tête-à-tête entre elle et le professeur furent d'ailleurs tout aussi difficiles à dissimuler que s'il s'était agi d'escapades amoureuses. Il lui fallait trouver un prétexte lui permettant de s'absenter tout l'après-midi du mercredi, jour convenu de la bataille hebdomadaire. Au début, elle se prit les pieds dans son tissu de mensonges, mais l'habitude aidant, elle développa un sens aigu de l'improvisation. Elle en fut la première surprise. La plupart du temps, elle feignait d'aller voir ses vieux parents. Panis ne voyait aucune objection à ce regain d'amour filial qu'il trouvait un peu exagéré, mais naturel.

Elle comprit que la meilleure façon de disparaître était de ne pas rentrer du tout après le travail. Si on ne la voyait pas, on ne pouvait pas non plus l'interroger ou la retenir. Elle retirait l'échiquier du congélateur et le cachait dans un grand sac avant de se rendre à l'hôtel. Une fois les chambres terminées, elle prenait directement le bus pour Halki.

Les premières séances furent laborieuses. Kouros se souvenait bien des règles de base, mais il avait tout oublié des ouvertures. Il dut consulter le manuel régulièrement et faire pour la première fois depuis des années des efforts de concentration. La gaucherie d'Eleni fut accentuée par le caractère taciturne de son hôte et par le cadre inhabituel où se déroulaient leurs échanges. Mais petit à petit, de véritables parties se mirent en place.

Chaque fois qu'Eleni s'asseyait devant l'échiquier et qu'elle disposait les armées de chaque côté du damier, elle ressentait comme une tension dans le bas du ventre. Ses mains devenaient moites et son regard se posait sur Kouros qui roulait une première cigarette. Mais une fois le premier coup joué, elle entrait dans une concentration qui la coupait entièrement du monde. Le professeur remarqua sa capacité extraordinaire à se glisser dans l'univers imaginaire de la bataille.

Au fil de leurs rencontres, Eleni perdit sa timidité et les parties s'allongèrent. Elle développa un certain sens de la stratégie et mit souvent son ancien professeur en difficulté. En vérité, elle s'entraînait tous les jours à la maison, grâce à la machine qui émettait de moins en moins de clignotements incompréhensibles.

Dans son élan, Eleni fit même la tentative d'intéresser sa fille à ce jeu singulier, mais Dimitra se révéla une piètre joueuse, ne réussissant même pas à retenir les déplacements des pièces. Eleni renonça donc à partager sa passion avec elle, mais lui soutira la promesse de n'en piper mot à personne. Cette précaution était inutile. Dimitra avait par nature un caractère discret et elle était très attachée à sa mère.

Du haut de ses douze ans, elle ne voyait pas le moindre inconvénient à ce que sa mère joue aux échecs. Seul désavantage à cette nouvelle situation : elle devait préparer souvent ses déjeuners elle-même. Elle prit ce chamboulement avec philosophie et n'apprit à faire que des plats qu'elle aimait. Ainsi elle trouva son intérêt dans cette transformation qui l'obligeait à assumer plus de tâches, mais qui, en échange, lui procurait plus de libertés.

Eleni se montra détendue avec sa famille, d'une humeur égale quoique parfois un peu distraite. Il arriva qu'elle égare ses clés et qu'après de longues recherches auxquelles tous participaient, Dimitra les trouve au réfrigérateur en cherchant un rafraîchissement. Eleni se confondait alors en excuses et l'incident était clos, ce qui n'empêchait pas Panis de grommeler « Un jour, tu perdras ta tête », ignorant que c'était chose faite.

Eleni ne demandait plus à Yannis de participer aux repas familiaux et ne tentait plus de retenir Panis quand celui-ci souhaitait se rendre au café. Elle affichait un sourire aimable qui, pour l'initié, frôlait l'indifférence. Elle s'était fixé un nouveau but : mettre Kouros échec et mat. Jusque-là elle n'avait encore jamais réussi cet exploit. Une fois elle était arrivée à une partie nulle, ce qui constituait déjà un progrès considérable. Battre son ancien professeur lui parut le comble de la gloire.

Afin d'atteindre cet objectif ambitieux, elle essaya de nouveaux stratagèmes. Elle avait appris qu'il valait parfois mieux sacrifier une pièce en début de partie pour s'assurer un avantage d'attaque ou de position. Cette astuce portait le joli nom de gambit.

Son manuel donnait des exemples de grandes parties jouées par des maîtres depuis le XVe siècle. Les différentes ouvertures et stratégies portaient des noms prestigieux. Ainsi, Eleni avait déjà employé le « gambit Evans » qui lui était apparu assez avantageux. Elle était moins convaincue par « la partie hongroise », et elle se refusa catégoriquement à tenter le « gambit Göring ». Il était exclu qu'elle se lance dans une ouverture portant un nom pareil. Simple coïncidence patronymique peut-être, le « gambit Göring », efficace ou non, fut écarté d'emblée, Eleni avait ses principes.

Le récit des grandes parties internationales qui s'étaient jouées à travers les siècles la plongeait dans une certaine perplexité. Les noms empruntés aux grandes nations, aux villes importantes ou aux personnes ayant contribué à développer la science des échecs intimidaient la femme de chambre, qui ne voyait pas comment elle pourrait se mesurer à toutes ces célébrités.

Tous les jours il lui fallait rassembler son courage pour se remettre à jouer. Cependant, son envie de connaître la suite reprenait toujours le dessus et lui inspirait une ténacité insoupçonnée.

Elle continua à avancer en tâtonnant. En fait elle éprouva même un certain plaisir à se perdre dans l'énumération des noms que la littérature avait donnés aux différentes logiques de jeux : « la partie espagnole », « la partie viennoise », « la défense Cordel moderne », contre « la défense Cordel » tout court, « le système Rauser », « l'attaque Max-Lange », « la défense sicilienne ». Ces noms la transportaient à travers les siècles, la conduisaient dans les salons de la résidence du tsar au XVIIIe siècle ou dans des palais vénitiens du XVe.

Dans son imaginaire, les parties étaient disputées dans un silence total par deux adversaires drapés dans des costumes splendides. Elle voyait d'autres parties se jouer au milieu des allées et venues de courtisans aux longues perruques qui par leur bavardage incessant empêchaient les maîtres de se concentrer.

Elle avait une affection particulière pour « le dragon accéléré » et « le dragon semi-accéléré », dont les noms lui évoquaient la Chine, la Cité interdite, un monde rouge plein de mystère et de magie. « Le dragon accéléré », qu'elle avait déjà utilisé contre Kouros, lui sembla une des meilleures méthodes pour déstabiliser l'adversaire et assurer très vite un avantage aux blancs.

En règle générale, elle préférait les jeux ouverts aux jeux fermés qui lui paraissaient trop timorés. La partie française, parmi les jeux semi-ouverts, retint son intérêt, mais peut-être était-ce par nostalgie, car ce nom la ramenait à l'origine de sa passion, il lui rappelait le parfum enivrant qu'elle avait senti dans la chambre des Parisiens.

Elle progressait lentement mais sûrement dans l'assimilation d'un certain nombre de stratégies. Cependant, elle aimait aussi avancer d'instinct, créer des surprises et des perturbations par des coups qui ne paraissaient pas logiques au premier abord. Tant que l'adversaire perdait du temps à essayer de deviner ses desseins, elle détenait un avantage.

Kouros, quant à lui, évolua dans des schémas plus classiques. Il avait progressé plus vite qu'elle dans la lecture du manuel et avait appris un certain nombre de combinaisons heureuses. Disposant encore d'une bonne mémoire, il les appliquait sans trop de peine tandis qu'Eleni avait parfois du mal à mener à bien une tactique.

Toutefois Kouros fut surpris plus d'une fois par l'audace de son ancienne élève. Le jeu révélait une personnalité très différente de celle qu'Eleni laissait paraître au quotidien.

Lorsqu'elle arrivait chez lui, le mercredi après-midi, elle avait toujours une nouvelle idée en tête. Elle avait passé sa semaine à méditer de nouveaux strata-gèmes et avait hâte de les mettre à l'épreuve. Au fur et à mesure qu'ils se livraient des batailles, Kouros avait de plus en plus de difficultés à transformer ses avan-tages en nette victoire.

Un mercredi après-midi du mois de novembre, Eleni arriva, les joues en feu. À peine les deux armées disposées, elle entra dans une concentration aiguë. Kouros lui demanda si elle voulait du café et n'obtint en réponse qu'un grognement, certes poli, mais gro-gnement tout de même. Les yeux d'Eleni étaient déjà rivés sur le damier : elle se remémorait une ouverture qu'elle voulait essayer. Son comportement arracha un sourire à Kouros qui l'observait discrètement. Le jour où elle était venue pour lui demander d'acheter l'échiquier était loin. Si, à l'époque, elle n'avait pas osé s'asseoir correctement sur sa chaise, elle ne semblait à présent éprouver aucune gêne. Elle traitait toujours son ancien professeur avec le même respect, mais avait beaucoup gagné en assurance.

Kouros mit d'abord de l'eau à chauffer, s'enquit de la santé des uns et des autres, sans obtenir une réponse digne de ce nom. Puis il roula quelques cigarettes d'avance, avant de s'attabler définitivement devant le damier en posant une tasse de café brûlant près d'Eleni.

Eleni sortit toutes ses pièces le plus rapidement possible. Au bout du quatrième coup, elle aurait pu roquer, mais n'en fit rien. Kouros, un peu surpris, lui rappela gentiment la règle selon laquelle il fallait procéder à un roque tôt dans le jeu pour protéger son roi et donner plus de liberté à la tour. Eleni sourit et lui répondit :

– Laissez-moi faire, professeur. Vous allez voir.

Elle continua à sortir les pièces, y compris la dame, qu'elle plaça avantageusement au milieu du bord d'où elle contrôlait un grand nombre de cases. Au bout de huit coups échangés, seul le roi et les deux tours d'Eleni demeurèrent à leur place initiale, ce qui lui donnait la possibilité d'effectuer un grand roque ou un petit roque, selon son désir.

Par conséquent, Kouros ignorait de quel côté attaquer. Eleni profita de cette hésitation. Elle le déstabilisa un peu plus en sacrifiant une de ses pièces importantes et parvint à se glisser dans une brèche que Kouros avait ouverte par mégarde. Quand celui-ci se décida finalement à l'attaquer à son tour, elle fit un grand roque et mit son roi hors d'atteinte. À partir de là, elle gagna la partie en cinq coups.

Elle n'en croyait pas ses yeux. Pour la première fois, elle avait réussi à mettre le professeur échec et mat. Kouros la félicita chaleureusement tout en se sentant un peu humilié. « Cela doit être l'âge », pensa-t-il avec une pointe de mélancolie. Il sortit tout de même une bouteille de bon vin qu'il avait réservée à une occasion de ce genre et trinqua avec Eleni, folle de joie. Les verres s'entrechoquèrent avec un joli bruit. Elle embrassa le professeur sur la joue, ce qui eut pour effet de le faire rougir violemment.

Le contact physique spontané, aussi innocent fût-il, avait toujours provoqué une certaine gêne chez le professeur. Ce mode d'expression lui était profondément étranger. Les accolades, même dans l'émotion, même viriles, n'étaient pas son genre. La proximité des corps ne se concevait, selon lui, que dans l'intimité de l'acte sexuel. Par ailleurs, il avait la promiscuité en horreur.

Pourtant sa subite rougeur était davantage liée à la surprise du geste inattendu. Il devait même avouer qu'il s'était habitué à la présence sporadique de la femme de chambre qui parvenait à l'émouvoir. La simplicité de son geste avait presque le goût d'un souvenir d'enfance, un autre rapport aux êtres, qui aurait pu être possible jadis et qui était enseveli en lui.

Heureusement, Eleni était tellement à son bonheur qu'elle ne s'aperçut pas du désarroi qu'elle avait provoqué chez le professeur. Elle but une grande rasade de vin et le regarda avec des yeux brillants. Elle ne sut que faire pour exprimer sa gratitude. Alors elle leva un peu gauchement son verre en disant :

– Buvons à l'aventure, professeur.

Le lendemain, le travail sembla se faire tout seul. Eleni poussa son lourd chariot en chantonnant, salua les clients chaleureusement et fit les chambres avec le même dévouement que d'habitude. La seule ombre au bonheur qui la transportait de la sorte fut l'impossibilité de le partager avec quelqu'un. Une victoire ignorée perd toute sa saveur. L'immense joie qui habitait Eleni ce matin-là avait besoin de se répandre et d'exulter, comme l'oiseau recherche une branche où se poser pour chanter.

À plusieurs reprises, Eleni fut tentée de raconter son histoire à la patronne du *Dionysos*. Mais après lui avoir tourné autour pendant un moment sans jamais trouver comment l'aborder, elle renonça à cette idée. Elle termina son travail en faisant un petit salut de chemise de nuit à une jeune femme italienne qu'elle avait aperçue dans le hall la veille, et s'en alla.

Sur la colline, elle rencontra son chien errant. Celui-ci la regarda avec un air de reproche. Mais cette pensée était sans doute dictée par sa mauvaise conscience, car elle ne lui avait plus apporté de pain depuis plusieurs mois. Pire, elle l'avait tout simplement oublié.

– Tu as raison, lui dit-elle. Demain, je me rachèterai. Mais tu sais, j'ai une excuse. Il fallait que j'apprenne à jouer aux échecs. Et c'était difficile.

Le chien lui renvoya un regard plein d'indifférence.

Eleni poursuivit son chemin. Il fallait qu'elle trouve un autre confident. Après une courte réflexion, elle jeta son dévolu sur Katherina, qu'elle avait négligée ces derniers temps. Elle acheta un bouquet d'œillets, le fit emballer dans un joli papier et se présenta ainsi chez son amie, qui la reçut, surprise.

Malgré son ton hospitalier, Eleni se rendit compte que Katherina se sentait blessée. Elle fit le même café sirupeux que d'habitude. Les deux femmes échangèrent quelques banalités pendant qu'elles surveillaient la boisson noirâtre sur le feu. Eleni savait qu'elle devait une explication, mais comment résumer en quelques mots l'expérience fondamentale de ces derniers mois ? Après de nombreuses hésitations, des formulations testées intérieurement et aussitôt rejetées, qui donnaient quelque chose de traînant à sa conversation, elle se décida pour la seule stratégie qu'elle connaissait en matière d'aveux. Elle cracha le morceau brusquement.

– Je ne suis pas venue te voir ces derniers temps parce que j'ai été trop occupée à jouer aux échecs.

Et elle ajouta :

– C'est un secret. Personne d'autre que toi n'est au courant.

Katherina la regarda bouche bée. Le café se mit à bouillir et à déborder, se répandant sur la gazinière impeccablement récurée. Katherina le retira du feu, le vida dans l'évier, lava la cafetière en cuivre, tout en se brûlant, et en prépara machinalement un autre. Elle ne répondit rien. Eleni commençait à s'inquiéter, mais n'osait pas interrompre le silence de son amie.

Celle-ci était tiraillée entre plusieurs sentiments. Sa première réaction fut l'incrédulité. Eleni lui racontait sans doute cette histoire à dormir debout pour dissimuler autre chose. Pendant un petit moment, elle reconsidéra l'hypothèse de l'amant. Elle observa son amie de biais, tout en remplissant sa cafetière, et se dit que ça ne pouvait pas être ça. Son allure négligée, les mèches blondes censées rehausser la couleur des cheveux d'un brun éteint, la quarantaine passée… Certes, il y avait une nouvelle lueur dans ses yeux, mais cette étincelle ne suffisait tout de même pas à donner soif à un amant. Katherina en fit le constat avec un certain plaisir, étant donné qu'elle-même avait depuis longtemps perdu tout espoir de trouver un mari.

Elle passa un chiffon sur la gazinière et demanda pour gagner du temps :

— Mais tu joues avec qui ?

Eleni, alarmée peut-être par ce long silence, eut soudain un doute sur le bien-fondé de sa confession et répondit :

— Avec personne. Contre la machine.

Les heures passées devant l'échiquier avaient aiguisé son sens de l'observation et sa méfiance vis-à-vis de l'autre.

— La machine ? répéta Katherina qui ne comprenait décidément pas.

Eleni expliqua alors qu'elle avait offert à Panis un jeu d'échecs électronique et qu'au lieu d'appâter son mari, elle s'était prise au jeu elle-même.

Katherina ne parvenait toujours pas à la croire.

– Les échecs, c'est ce jeu affreusement compliqué devant lequel les gens restent assis pendant des heures la tête dans les mains hésitant sur le prochain coup à jouer ? demanda-t-elle pour s'assurer qu'elle avait vraiment bien saisi.

– C'est ça, répondit Eleni en toute simplicité.

Katherina remplit deux tasses et se dirigea vers la table au napperon en dentelle. Eleni la suivit. Katherina s'assit dans un fauteuil dont les accoudoirs étaient également recouverts de broderies et sirota son café. Eleni prit place sur une chaise décorée d'un coussin plat dont le dessin représentait un petit chien. Au bout de plusieurs gorgées minuscules, imposées par l'intense chaleur du café, Katherina demanda :

– Mais pourquoi ?

Cette question plongea Eleni dans l'embarras. Elle réfléchit un instant…

– Parce que ça me plaît.

Elle savait parfaitement que ce n'était pas ce qu'elle devait dire. Il aurait fallu décrire cette sensation de basculer dans un autre univers chaque fois qu'elle s'attablait devant un échiquier. Elle aurait voulu parler de ce moment où elle se projetait au cœur de la bataille et où elle se mettait à lutter avec son adversaire, dont elle appréciait l'habileté et la force. Elle aurait pu raconter à son amie cette complicité des deux joueurs qui se mesuraient l'un à l'autre, cette intimité étrange qui les isolait du reste du monde. Elle aurait voulu évoquer les étonnants pouvoirs de la dame, la faiblesse du roi, mais elle n'en fit rien.

Même si elle avait eu plus de facilité à parler, elle n'aurait pas réussi à convaincre Katherina qui ne voyait que l'apparence des choses : un damier de soixante-quatre cases, des figures blanches et noires et deux personnes muettes déplaçant des pièces avec le plus grand sérieux après une réflexion qui pouvait durer des heures.

Eleni aurait aussi voulu parler des femmes élégantes qui à Paris jouaient aux échecs avec leurs maris, mais elle n'était pas bien sûre que cet argument forcerait la compréhension de son amie.

En la regardant, elle comprit que Katherina prenait sa petite aventure comme un rejet de cet univers dans lequel elles évoluaient depuis toujours et qui, à ses yeux, était immuable, un roc dans la mer Égée. Il ne fallait en aucun cas contrarier ses habitudes, répétitions et variations, colonnes porteuses de son édifice personnel.

En évoquant les Parisiennes, Eleni aurait commis une erreur bien plus grave encore. Elle aurait avoué la petite rengaine qui lui trottait dans la tête certains jours de grand vent.

Alors elle se tut et se contenta de sourire. L'envie de parler de sa grande victoire lui était passée. Comme elle n'avait pas mentionné le professeur, elle ne pouvait pas parler de la partie gagnée non plus.

Katherina tenta d'abord de glaner un peu plus d'informations, puis voyant son amie réticente à fournir d'autres détails, changea de sujet de conversation. Elle parla, comme à son habitude, des derniers potins, ravie de constater qu'Eleni n'était au courant de rien.

Les affaires de Nikos allaient moins bien, disait-on. Sa jeune femme dépensait trop d'argent. Ne se rendait-elle pas tous les mois à Athènes pour faire des emplettes ? Elle prétendait que c'était pour le restaurant, bien sûr, mais personne n'était dupe. Excepté

Nikos lui-même peut-être, suggéra Katherina avec un petit rire malicieux.

La fille de Yörgos était tombée enceinte, chuchotait-on en ville. Pour l'instant, cela ne se voyait pas encore, mais cela ne tarderait pas. Difficile de savoir qui était le père, vu qu'elle traînait avec n'importe qui.

Katherina guetta la réaction d'Eleni qui ne semblait pas apprécier la nouvelle à sa juste valeur. Elle parut même un peu absente, puis répondit qu'il valait sans doute mieux attendre que la grossesse soit confirmée avant de se lancer dans des supputations. Elle avait utilisé ce mot inhabituel sans réfléchir. Peut-être qu'elle avait entendu le professeur le prononcer ou qu'il avait toujours été là, tapi dans l'ombre, prêt à bondir de sa cachette à la première occasion. Eleni n'aurait su le dire. La réaction de Katherina ne se fit pas attendre. Elle la regarda avec surprise, puis éclata de rire.

– Mais comment tu parles, ma chère ?

Eleni fut troublée, mais n'en laissa rien paraître. Elle rejoignit le rire de son amie et répondit :

– Tu as raison, quel drôle de mot. J'ai dû l'entendre à la télé.

Elles reprirent leur conversation. Eleni montra plus d'entrain et raconta trois anecdotes survenues à l'hôtel qui amusèrent Katherina. Elles retrouvèrent un brin de leur ancienne complicité. Katherina leur servit même un petit verre d'ouzo et elles trinquèrent toutes les deux à leurs retrouvailles.

Au bout d'une petite heure, Eleni prit congé parce que Panis l'attendait. Elles s'embrassèrent et se promirent de se revoir très vite.

En sortant de chez son amie, Eleni pensa un peu tristement : « Ma confession n'a servi à rien. C'était stupide de ma part. La seule personne avec qui l'on puisse partager une victoire aux échecs est un joueur d'échecs, bien entendu. » Il fallait qu'elle accepte cette solitude. Elle avait commencé cette aventure seule, elle devait la continuer seule. Son unique interlocuteur serait le professeur que le ciel lui avait envoyé dans un élan de clémence.

Une fois Eleni partie, Katherina lava les verres et les tasses et prépara son repas du soir. « Jouer aux échecs, pensa-t-elle. Il fallait vraiment s'ennuyer terriblement pour avoir une idée pareille. » D'un seul coup, l'image d'Eleni avec ses mèches blondes et ses mains abîmées qui se penchait sur un échiquier la fit pouffer de rire. « Tout compte fait, cette histoire est incroyablement drôle », se dit-elle, en épluchant ses patates.

– Eleeeeni! hurla Panis, le lendemain, en rentrant au beau milieu de l'après-midi, ce qu'il ne faisait jamais.

Dès qu'il avait entendu la nouvelle, il avait abandonné le garage et s'était précipité à la maison.

– Eleeeeni!

Ses cris la firent accourir.

– Tu veux me tuer? jappa-t-il en l'apercevant.

Eleni, un chiffon à la main, le regarda sans comprendre. Intérieurement elle fit l'inventaire de ses récents faits et gestes afin de découvrir lequel aurait pu être fatal à son mari.

Elle ne découvrit rien.

– Comment tu as pu faire une chose pareille? lui cria-t-il, tout en la secouant.

Ce furent peut-être les secousses qui provoquèrent un éclair de lucidité. « Katherina », pensa-t-elle.

– Je ne sais pas de quoi tu parles, dit-elle posément à Panis, qui avait cessé de la bousculer et la regardait droit dans les yeux, d'un air presque implorant.

– Tout Chora est au courant que tu passes ton temps à jouer aux échecs.

– Et alors? Qu'est-ce que ça peut faire?

– Je suis la risée du port, gémit-il.

– Je ne vois pas pourquoi, répondit Eleni assez dignement. Cela ne te concerne pas.

– Si tu te ridiculises, tu me ridiculises aussi. Je passe pour le mari d'une folle. Je suis discrédité partout. C'est comme ça. Tu le sais très bien. Il faut respecter les règles.

Eleni ne répondit pas. Il n'y avait rien à dire. La situation ne lui était pas favorable. Elle savait très bien que pour Panis, s'exposer à la moquerie était un supplice. Mais elle savait aussi que cela ne durerait qu'un temps, que les gens s'habitueraient. D'autres nouvelles plus amusantes chasseraient celle-ci.

Panis, qui, au fond, n'aimait pas se fâcher avec Eleni, mit fin au silence qui s'était installé entre eux.

– Bon. Il faut trouver une solution. Tout bien considéré, cette histoire est absurde. Si tu arrêtes immédiatement ce jeu et que tu dis que tout cela n'est que médisance, des inventions de bonnes femmes, je te pardonne.

– Jamais, s'entendit-elle dire.

La réaction ne se fit pas attendre. Panis rougit violemment et tapa du poing sur la table avec une telle force que le chandelier tressauta. Eleni se détourna et rejoignit le salon pour reprendre son ménage. Panis fit irruption dans la pièce et se mit à ouvrir bruyamment les tiroirs et les portes afin de dénicher l'objet du délit. Les meubles claquèrent dans tous les sens. Diverses choses volèrent et tombèrent par terre. Un vase, cadeau de mariage, chéri pendant vingt-cinq ans, se brisa. Immobile au milieu de la pièce, elle regarda Panis, rouge de colère, se déchaîner de plus en plus. Évidemment, il ne trouva rien. L'échiquier était bien au froid, dans le congélateur.

Au bout d'une heure de vaines investigations, Panis quitta la maison avec fracas. Eleni se mit à ranger sobrement les affaires qui jonchaient le sol.

Pendant les trois semaines qui suivirent cet incident, Panis et Eleni n'échangèrent pas un mot, et évitèrent tout contact superflu. Ce mode de vie s'avéra compliqué mais praticable.

Paradoxalement, il nécessitait une plus grande connaissance des horaires de chacun et par conséquent une plus grande attention. Le couple divisé se vit contraint de s'espionner afin de connaître les allées et venues de l'autre. Ils ne communiquaient plus qu'en cas d'absolue nécessité et cela par le biais des enfants. Yannis trouva cette nouvelle situation plutôt amusante, mais s'arrangea tout de même pour s'éclipser souvent. Les commentaires de ses camarades, qui avaient eu vent des activités d'Eleni et du drame familial, l'agacèrent profondément. Il en voulait à sa mère, qui, après avoir adopté une attitude irréprochable durant toutes ces années, affichait, d'un seul coup, un comportement aussi excentrique. Il était habitué à la voir accomplir ses tâches quotidiennes dans le calme et la bonne humeur. Elle ne s'était jamais beaucoup intéressée ni à la lecture du journal ni à aucune autre activité intellectuelle. Yannis n'avait jamais vu de livre à la maison, en dehors des manuels scolaires et d'un livre de recettes qu'une parente éloignée avait offert à sa mère le jour de son mariage. Cette dernière avait accueilli ce cadeau comme un affront personnel. Le livre avait été rangé au fond d'un placard et n'avait plus jamais revu la lumière du jour. Pour son père et sa mère, leur instruction s'était terminée le jour où ils avaient quitté l'école, autrement dit très tôt.

Cette passion pour les échecs était d'autant plus incongrue à ses yeux. Il se demandait en secret si ce changement radical dans l'attitude de sa mère pouvait être lié à une ménopause précoce. Un de ses amis lui avait suggéré cette explication qu'il avait jugée plausible. Il tenta d'en parler à son père qui ne le regarda qu'avec mépris et amertume. Ne plus pouvoir faire d'enfants était une chose, mais de là à avoir des symptômes semblables… Discrètement, il avait lui-même fait sa petite enquête et le résultat ne permettait aucun doute. Nul Naxien n'avait connu de femme de chambre qui s'était mise un beau jour à jouer aux échecs et à revendiquer cette activité comme un droit inaliénable. Il fallait que cela tombe sur lui.

Tout le port en parlait, un sourire aux lèvres. Panis ne pouvait plus faire un pas sans être interpellé par quelque connaissance qui lui lançait un quolibet. Être cocu aurait été plus supportable. L'adultère était une chose abjecte, mais concevable. Une trahison amoureuse, même inacceptable, pouvait être nommée. Il y a un code d'honneur. Alors que là, ce délire narquois le laissait impuissant. Devait-il tout simplement clamer que sa femme avait perdu la raison ? Il hésitait. Vivre avec une femme folle était encore plus gênant que de vivre avec une femme infidèle.

Dimitra, qui n'avait pas la possibilité de se soustraire à l'ambiance pesante de la maison, souffrait beaucoup du silence qui régnait maintenant en maître tel un brouillard matinal de mars qui n'aurait plus la force de se lever. Elle aurait volontiers défendu sa mère, ne voyant pas vraiment quel forfait elle avait commis. Mais elle avait du mal à saisir les raisons pour lesquelles Eleni se raidissait sur ses positions. De toute sa vie, elle n'avait jamais vu sa mère réclamer quelque chose pour elle avec autant de vigueur. Ce jeu d'échecs qu'elle jugeait si ennuyeux lui paraissait une curieuse cause pour déclencher de telles hostilités.

Eleni était désolée du désarroi de sa fille. Que Dimitra ait à pâtir de ces circonstances malheureuses lui paraissait intolérable. La pauvre enfant était injustement prise en otage. Eleni le savait, mais elle ne parvenait pas à lui expliquer pourquoi elle ne pouvait pas céder. Elle avait essayé à plusieurs reprises, mais devant son expression de gentille incompréhension, elle avait perdu courage. L'envolée de la parole n'était toujours pas son affaire. Les échecs vous invitent à vous taire, pas à vous lancer dans des explications périlleuses. Elle avait déjà commis plusieurs erreurs impardonnables en pensant pouvoir s'élever au-dessus des lois implicites de l'île, il fallait donc être prudente. Ensuite elle avait choisi la pire confidente qui fût. Il valait mieux se faire oublier un peu et sacrifier son dernier bastion, la douce complicité de sa fille.

Eleni vécut une période de grand découragement. À plusieurs reprises, elle fut sur le point d'abandonner sa lutte et de proclamer publiquement que tout n'était que mensonge, qu'elle n'avait jamais fait quelque chose d'aussi ridicule que de jouer aux échecs. Mais le mal était fait. Quoi qu'elle puisse dire dorénavant, personne ne la croirait plus. Katherina avait bien fait son travail. Eleni la connaissait trop pour ignorer qu'elle ne faisait jamais les choses à moitié. Répandre une rumeur persistante et irrévocable était son plus grand talent.

En dehors de son fidèle professeur, qui lui téléphonait souvent, Eleni ne reçut aucun témoignage d'amitié. Les gens la regardaient comme une bête curieuse, et elle connut pour la première fois de sa vie l'inconvénient d'être le centre d'intérêt. Elle ne pouvait plus faire un pas en ville sans qu'on se retourne sur son passage. Elle ressentait physiquement les regards dans son dos.

Les récents événements lui permirent de comprendre qu'elle n'avait pas d'amis dans cette communauté qui jusque-là lui avait toujours semblé un écrin chaleureux. Ce milieu dans lequel elle avait évolué depuis son plus jeune âge ne l'avait jamais poussée à rechercher un véritable allié. Dans un entourage si clairement défini et jamais quitté, les liens sont rarement mis à l'épreuve. On se rencontre tous les jours, on se salue, on se sourit, on échange quelques nouvelles, quelques recettes de cuisine. Dans ce contexte solide de familiarité, l'amitié semble un luxe superflu. La révélation soudaine de sa solitude surprit Eleni. Elle se serait peut-être imaginée négligée, mais jamais seule. Son travail, son quotidien familial l'avaient tellement occupée qu'elle n'avait pas pris le temps d'aller vers les autres, délibérément, dans le but de les apprivoiser, de les conquérir.

Jamais plus, depuis sa rencontre avec Panis, elle n'avait été séduite par quelqu'un, homme ou femme. Aucun désir ne l'avait portée vers l'extérieur. Elle ignorait le chagrin d'être repoussée et la joie de plaire. Même Katherina avait été en quelque sorte une amie évidente. Elles avaient été à l'école ensemble, le maître les avait placées l'une à côté de l'autre. De là était née une intimité de circonstance, prolongée par habitude. Voilà tout. Eleni ne s'était pas questionnée sur les sentiments qu'elle éprouvait pour Katherina. Elle ne ressentait d'ailleurs aucune peine particulière de l'avoir perdue. Sa trahison ne la blessait pas. Elle la considérait même avec quelque froideur.

Ce qui la préoccupait vraiment, c'était la difficulté de rencontrer Kouros et de s'entraîner. Pendant un certain temps, elle n'avait pas changé grand-chose à ses habitudes. Elle avait été juste un peu plus vigilante quant à ses horaires de sortie.

Mais ensuite, se sentant de plus en plus surveillée, même par son propre fils, elle avait dû changer de tactique. À sa dernière visite, elle avait confié l'échiquier à Kouros qui le gardait chez lui.

L'ambiance conjugale était telle qu'Eleni se félicitait de ne jamais avoir songé à quitter son métier. L'hôtel était un univers à part, dans lequel elle pouvait se réfugier, un port donnant sur le monde, habité par des créatures insouciantes ignorant tout des peines de la femme de chambre en vert pistache qui poussait son chariot dans les longs couloirs. Heureusement, même pendant la basse saison, l'hôtel ne fermait pas ses portes. Il y avait certes moins de travail, mais l'île accueillait toujours quelques citadins en mal de repos. L'hôtel *Dionysos* était une bonne adresse, un peu confidentielle, fréquentée par une clientèle fidèle. Certaines chambres étaient équipées d'un chauffage et servaient de gîte aux inconditionnels même pendant l'hiver. Un couple de retraités anglais venait passer une partie de la saison froide ici, un écrivain américain et quelques touristes de passage faisaient vivre l'établissement durant la période creuse.

La patronne de l'hôtel avait évidemment entendu les rumeurs qui couraient en ville, comme des rats dans un souterrain. Elle les avait d'abord accueillies avec incrédulité, ensuite avec amusement. Son fils lui avait vivement conseillé de ne rien laisser paraître vis-à-vis d'Eleni, ce qui lui parut en effet la meilleure attitude à adopter. Elle n'avait rien dit jusque-là, elle ne dirait rien à présent. Mais elle ressentait une sorte de respect pour son employée, qui bravait les règles de la communauté avec un entêtement insoupçonné. Maria avait certes du mal à imaginer sa femme de chambre jouer aux échecs. Cette idée lui paraissait même un peu ridicule, mais là n'était pas la question. Elle admirait la résistance d'Eleni et aurait bien voulu l'aider.

Ainsi s'écoulèrent quatre semaines de flottement et d'inimitié. Noël et le Nouvel An passèrent sans apporter une amélioration notable dans les rapports des époux. Chacun erra seul, électron libre dans un univers de matière solide. Le cœur lourd, la tête pleine, le regard tourné vers l'intérieur.

Panis feignit sa bonne humeur habituelle mêlée d'une jovialité frondeuse, mais le cœur n'y était pas. Eleni s'était murée dans une fausse indifférence, les enfants promenaient leur désarroi dans les ruelles de la capitale et le vieux professeur était dans un état de distraction permanente. Lorsqu'il faisait ses courses au marché d'Halki, il arrivait fréquemment que les commerçants soient contraints de lui courir après parce qu'il avait oublié sa marchandise. « Que veux-tu, disaient les gens quand ils le voyaient passer perdu dans ses pensées, il vieillit. Il se détourne du monde extérieur. C'est dans la nature des choses. »

Ils se trompaient du tout au tout. En vérité, Kouros s'était lancé dans une aventure bien terrestre qui le rajeunissait. Seulement il hésitait quant à la démarche à suivre. Il savait quel poids pesait sur les épaules de cette pauvre Eleni. La mise au ban était la punition que la communauté infligeait à ceux qui ne se pliaient pas à ses règles tacites. La connaissance intime de la consternation qu'éprouvait Eleni le rendait prudent. Il savait par expérience qu'on ne revient pas de la singularité comme on revient d'une balade en forêt. Toute aventure nous attire vers le large, se dit-il pensivement un soir qu'il grattait des carottes pour son potage. Elle nous embarque et lorsque nous désirons regagner le rivage, nous nous apercevons que nous ne le pouvons pas. « J'aurais dû l'avertir », se reprochat-il. Le remords le tenailla et lui fit passer des nuits agitées.

Qu'allait-elle devenir si elle devait réellement rompre avec son mari ? Rien ne l'avait préparée à la solitude. Elle ne connaissait pas la consolation des livres qui lui avaient tenu compagnie. La différence était de taille. Chez lui, la lecture avait même pris une place qu'il n'avait jamais accordée à un être humain. Pourquoi perdre son temps dans de vains et quotidiens bavardages quand on peut entrer en communion avec les meilleurs, les plus excitants penseurs de toutes les époques ? Pourquoi peupler sa vie d'êtres médiocres, attachants certes, mais faibles raisonneurs, quand on a le choix de rendre visite à Platon, Sénèque et Proust ?

Le culte de ce que le monde appelait communément la réalité, la matière solide de l'existence, lui était étranger. L'air triomphant avec lequel ses contemporains se jetaient dans le combat du quotidien le faisait sourire. Il n'avait jamais compris ce qu'il pouvait y avoir d'héroïque à affronter la surface plane et lisse de la condition humaine dans sa plus banale expression. Enfant, ses parents lui avaient souvent reproché de fuir la réalité comme s'ils avaient décelé quelque couardise dans son comportement qui consistait à s'acquitter le plus vite possible des tâches incontournables de tous les jours afin de pouvoir retourner à ses livres et à sa rêverie. Ils s'étaient sentis blessés de l'ennui qu'il affichait ouvertement face à cette dimension de la vie qui était leur unique territoire. Le fossé s'était creusé rapidement pour devenir insurmontable. À treize ans, il était déjà l'amateur de lettres, « l'intellectuel » comme on l'appelait dans son entourage, destiné à une belle carrière. Il était la première personne de sa famille qui ne gagnait pas son pain avec ses mains, qui ne devait pas sa survie au dur labeur dans les champs. Il avait été en peine d'expliquer que son attirance n'était pas un pis-aller, mais une profession de foi. Au lieu de fuir, il était en marche vers quelque chose. Mais comment aurait-il pu décrire ce vaste univers de la pensée dans lequel il s'était aventuré à quelqu'un qui n'avait jamais ouvert un livre de sa vie avec plaisir, qui ne savait pas ce que c'était. La notion de plaisir avait été quasiment bannie du vocabulaire de ses parents ou alors elle s'était résumée à quelques verres d'ouzo pris à une table de taverne le samedi soir. Le plaisir était un luxe pour lequel il fallait du temps. Le labeur physique était une nécessité, un destin qu'on partageait avec la longue lignée de ceux qui étaient là avant et avec une grande partie de ses contemporains. Kouros s'était alors très vite habitué à voler du temps. Il lisait dans les toilettes où personne ne le dérangeait. Il lisait dans la nature, prétextant d'autres besognes pour pouvoir s'éloigner.

Deux années plus tard, il avait également compris cette autre chose qui allait rendre sa trajectoire différente. Il en avait pris conscience d'abord avec frayeur et ensuite avec résignation. Mais de cette découverte qui s'était muée de passade en destin découlait logiquement une singularité. Les rites de passage qui rythmaient l'existence de la plupart des êtres ne ponctueraient pas sa vie. L'illusion de la métamorphose menant vers l'accomplissement lui était interdite. Sa propre métamorphose prendrait le chemin direct du déclin. Aucun habit de mariage, aucune robe de baptême ne jetteraient un voile charitable et vaporeux sur cet état de fait. Il ne pouvait trouver l'expression de son accomplissement que dans le commerce de plus en plus étroit avec la littérature, la musique, les beaux-arts ou toute autre approche du monde invisible. Cette lucidité un peu douloureuse était la note personnelle de sa différence, se dit-il, en commençant à éplucher des pommes de terre.

Ses pensées se dirigèrent à nouveau vers Eleni. Pour faire sa vie en tant qu'ours, il faut en avoir les moyens. Cela demande une préparation certaine, se dit-il, et aussi de la brutalité. Eleni n'avait rien de tout cela. Il soupira, se leva, s'essuya les mains et choisit *La Traviata* parmi les innombrables disques qu'il avait accumulés durant sa vie et classés amoureusement. La musique envahit l'espace.

Puisque son élève n'osait plus venir jouer avec lui, ses journées se ressemblaient toutes à présent. Il buvait son café du matin, faisait de petites promenades, en revenait, mangeait sa soupe, se roulait des cigarettes, puis tournait en rond dans sa maison vide. Contrairement à ce qu'Eleni subodorait, il n'avait même plus le cœur à disputer des parties d'échecs contre la machine.

Cependant, au bout de deux semaines, son regard tomba sur l'échiquier poussiéreux. Il pensa à l'enthousiasme d'Eleni quand elle s'était lancée dans ses « dragons accélérés », la concentration fiévreuse qui s'était emparée d'elle devant ce damier qu'elle avait peuplé de ses rêves. De toute façon, quoi qu'elle fasse, elle vivrait dorénavant dans le regret du « gambit Evans » et de « la partie espagnole », se dit Kouros.

Ce matin-là, il prit une décision qu'il trouva d'autant plus séduisante qu'elle était audacieuse. Il attendit pourtant toute la journée pour voir si elle arrivait à maturité sans succomber aux assauts de la prudence. Comme il l'avait espéré, la résolution jeune et vigoureuse tint bon. Le soir venu, il composa le numéro de téléphone d'Eleni. Par chance, ou était-ce le destin, il tomba sur elle. Morose, elle était retranchée dans sa cuisine.

– Ma petite Eleni, claironna-t-il, il faut que tu viennes demain. J'ai une idée formidable.

Eleni, soudain ragaillardie, le lui promit.

Kouros passa une soirée mémorable. Il but plusieurs ouzos au café, regarda les gens sur la place, salua ses connaissances et assista même à une séance de cinéma, ce qu'il n'avait pas fait depuis une vingtaine d'années. En rentrant, il chantonna un air guilleret et ceux qui l'avaient vu passer ce soir-là auraient pu jurer qu'il avait même esquissé quelques pas de danse. Mais peut-être était-ce l'ouzo qui l'avait fait chanceler un petit peu.

Malgré le nombre réduit de chambres à préparer, la matinée s'écoula trop lentement pour Eleni, impatiente de connaître les desseins du vieux professeur. Avait-il réellement trouvé la solution de ses problèmes ? Elle le savait plein de ressources, mais plus elle tournait la chose dans sa tête, moins elle parvenait à imaginer l'issue que le professeur avait pu inventer.

Après le travail, elle se hâta de prendre le bus pour rejoindre son complice dans la bourgade montagneuse qui avait été jadis son village natal.

Essoufflée, elle arriva chez lui. Sans s'accorder le temps de s'asseoir, elle lui demanda :

– Alors, professeur ?

Kouros prit un malin plaisir à repousser le moment où il dévoilerait ses pensées. Leur maturation avait mis des semaines. Elles lui avaient coûté plusieurs nuits blanches, ce qui, à son âge, n'était pas une mince affaire. Il n'allait pas se livrer sans ménager un petit effet de suspense. Il pria Eleni de s'asseoir et se mit à préparer un bon café grec avec une attention particulière. Au-delà des hostilités entre les deux peuples, cette boisson nationale, qui portait si fièrement son nom hellénique, ressemblait étrangement au café turc. Fallait-il croire plus au pouvoir de ce breuvage sirupeux, trait d'union entre les gorges et les bouches, qu'à l'esprit belliqueux des nations ? Kouros médita la question tandis qu'il surveillait le frémissement du liquide noirâtre.

Il lui semblait soudain fondamental de trouver une réponse à ce problème épineux, comme si un secours plus universel avait pu découler de la solution de cette énigme. Sa concentration l'empêcha de parler, et Eleni, assise sur sa chaise, les mains dans son giron, s'inquiétait vivement de son silence prolongé. Le café fut prêt avant que Kouros n'eût trouvé de réponse, cependant le professeur se promit d'y repenser tranquillement et même de publier un petit article à ce sujet dans la presse locale, ce qu'il n'avait pas fait depuis longtemps. La décision qu'il avait prise pour Eleni lui donnait des ailes.

Le café à la main, il se retourna triomphalement, se dirigea vers la table, et remplit deux tasses à ras bord. Il s'assit devant Eleni et la regarda droit dans les yeux.

– Ma petite Eleni, proclama-t-il solennellement lorsqu'elle eut avalé la première gorgée, tu vas participer à un tournoi.

Eleni s'étrangla et se brûla la langue. Cependant elle ne ressentit aucune douleur tant sa stupéfaction était grande. Incrédule elle regarda le vieux maître. Peut-être était-il vraiment devenu gâteux, comme certaines commères d'Halki le prétendaient ? Ou alors n'avait-il pas du tout compris ses soucis.

Kouros la regarda se débattre avec ses pensées qui, affolées, tournoyaient dans sa tête et éclata de rire.

– Tu as bien entendu, Eleni. Le tournoi est ta seule chance. Haut les cœurs et en avant, ajouta-t-il. Depuis la nuit des temps, l'attaque a toujours été la meilleure défense.

Eleni ne comprenait pas.

– Mais, professeur, objecta-t-elle faiblement au bout de quelques minutes, il n'y a pas de tournoi d'échecs à Naxos.

– Bien sûr que non, répondit Kouros joyeusement. Il faudra aller à Athènes.

Cette fois-ci, Eleni était sûre que le vieil homme avait bel et bien perdu la tête.

– Nous devrons évidemment nous entraîner avec beaucoup d'assiduité, ajouta-t-il. Mais je ne m'inquiète pas, tu as des dispositions ; tu peux y arriver.

– Vous n'avez pas plutôt un cognac ? demanda Eleni quand elle eut retrouvé ses esprits.

Kouros sortit en souriant une bouteille de son buffet et deux petits verres ventrus en cristal. Il les remplit généreusement. Eleni prit une première rasade, toussota un peu, puis avoua :

– Je ne comprends pas ce que vous voulez dire, professeur. Je sais que vous avez beaucoup étudié et je vous fais confiance. Mais là, je ne vous suis pas.

– Eh bien Eleni, dit-il, il faudra me faire confiance encore une fois. Je t'assure que le moment venu, tu comprendras.

– Mais comment faire, professeur ? Ma situation est devenue très difficile.

– Je le sais, répliqua-t-il. N'y fais plus attention. Concentre-toi sur ton but. À partir de maintenant, nous nous verrons deux fois par semaine. Le reste du temps, tu t'entraîneras avec ton manuel. Il faudra d'abord que tu visualises bien les ouvertures et les ripostes possibles. Disons que, dans quatre, cinq mois, tu pourras participer à une rencontre.

La joyeuse détermination du professeur grisa Eleni plus que l'alcool. Elle vit les obstacles tomber un à un, comme un château de cartes. En vidant le reste de son cognac d'un trait, elle consentit.

« Folie », se dit-elle sur le chemin du retour. Mais c'était une folie vaporeuse qui se présenta à son esprit. Une folie en forme de petit nuage.

Les semaines suivantes rajeunirent le professeur. Il élabora une véritable stratégie d'entraînement. Dès le lendemain, il se rendit à Chora, chez son ami Andreas, et commanda plusieurs livres sur les échecs. Il prétendit enseigner ce noble jeu à son petit-neveu. Si Andreas avait seulement réfléchi cinq minutes, il se serait tout de suite souvenu que Kouros n'avait pas de petit-neveu. Mais l'autorité du professeur ainsi que sa réputation de vieux sage faisaient que nul ne mettait en doute ses paroles.

Kouros comptait depuis longtemps sur cette aura d'honnêteté qui l'entourait pour faire et dire ce qu'il voulait. Au cours de sa vie, il avait constaté que les gens ne voyaient que ce qu'ils voulaient croire. Il avait observé des adultères, se déroulant au vu et au su de tout le monde, sans que quiconque les remarque. Tout cela pour la simple raison qu'ils étaient tellement incroyables que chaque personne ayant aperçu un signe, aussi évident soit-il, avait préféré se taire, pensant sincèrement qu'elle avait mal interprété les choses. Les plus grands scandales étaient les plus faciles à cacher. Les gens font bien plus confiance aux idées qu'ils se sont forgées qu'à leur discernement immédiat, avait-il coutume de se dire.

Kouros avait eu maintes occasions d'observer ce mécanisme d'aveuglement collectif et il s'en était beaucoup servi pour sa propre vie.

En comparaison avec son long exercice du mensonge et du secret, le cas qui l'occupait dans l'immédiat était un jeu d'enfant. Personne n'allait faire le lien entre lui et Eleni, femme de chambre à l'hôtel *Dionysos*.

Sur le chemin du retour, assis dans le bus, il eut la faiblesse de se demander ce que la petite Eleni penserait si elle connaissait la vérité sur lui. L'admirerait-elle toujours avec la même ferveur ? Instinctivement, presque par habitude, il en douta. Puis, en évaluant tout ce qu'il avait appris récemment sur elle, il se rendit compte qu'il était difficile de prédire les élans de cœur de cette femme modeste. La bonne était en train de chambouler ses certitudes.

L'euphorie d'Eleni se volatilisa rapidement. Dès le lendemain matin au réveil, elle regretta sa décision. Tristement, elle regarda la place vide à côté d'elle dans le lit. Depuis le début des hostilités, Panis dormait sur le canapé du salon. Soudain l'ingéniosité du professeur lui sembla plus contestable. « Tout compte fait, il n'a rien à perdre, mais moi, je joue ma vie. » Elle pensa à toutes les femmes qui étaient restées seules et à leur triste sort. « Je vais devenir comme Katherina », se dit-elle. Elle se leva péniblement et se rendit à la cuisine pour préparer le café qu'elle but debout, appuyée contre la gazinière. Elle avait la gorge tellement serrée qu'elle peina à avaler son breuvage matinal. Elle était sur le point d'entrer au salon et de se réconcilier avec son mari quand celui-ci surgit, hirsute et maussade, dans l'encadrement de la porte et lui jeta un regard belliqueux. Sans prononcer le moindre mot, il prit une tasse de café et déserta aussitôt la cuisine.

L'attendrissement d'Eleni se trouva brusquement atténué par cette vision acariâtre. « On verra demain », se dit-elle en rassemblant ses affaires.

Le vent balayait la colline, et Eleni grimpa la pente raide sans entrain. Sa journée se déroula dans une morne normalité jusqu'à ce qu'elle pénétrât dans la chambre 17 où son aventure avait débuté et qui était maintenant occupée par un couple de Hollandais à la jovialité bruyante.

Elle pensa avec nostalgie aux joueurs d'échecs français, raffinés et rieurs, qui, sans le savoir, lui avaient insufflé sa passion. Elle songea à Paris, à ses bâtisses remplies d'histoire et à ses parcs fleuris accueillant les signes précurseurs de l'automne avec sagesse. Elle se demanda ce qu'elle aurait pu devenir si elle était née sous un autre ciel. Elle tenta de se remémorer le nom du parfum poivré qui avait flotté dans l'air pendant tout le séjour du couple français. Elle avait tenu dans sa main le petit flacon gracieux.

Le nom était aussi simple et prometteur que l'odeur en était enivrante. Il était lié à la nature et à la liberté. Qu'est-ce que c'était ? Elle demeura un instant immobile, son balai à la main, et ferma les yeux. Elle se vit à nouveau entrer dans la salle de bains, soulever le flacon, l'ouvrir pour sentir le parfum avant de le reposer délicatement.

– Eau sauvage ! s'écria-t-elle.

L'heureux hasard voulait qu'il n'y ait personne dans les parages qui aurait pu entendre son exclamation triomphante. Cela aurait sans doute ajouté une bonne couche à sa réputation d'originale déjà solidement formée depuis les débuts de son aventure.

Le parfum eut un effet tout à fait surprenant. La lourdeur marécageuse de la matinée fut balayée d'un coup. Eleni se hâta de terminer son travail, enleva sa blouse vert pistache avec impatience et dévala la pente aussi vite que ses jambes le lui permirent. Elle rentra chez elle, prépara à manger pour Dimitra, puis s'enferma dans la cuisine avec son manuel. Elle se mit à apprendre les ouvertures par cœur. C'était une tâche ardue, sans échiquier, elle ne progressait que très lentement. Certes, les premiers coups se ressemblaient dans la plupart des parties. Le choix n'était pas si important. Mais très vite la chose se compliquait pour arriver à une variété quasi infinie de possibilités. Elle pesta intérieurement contre Kouros, qui lui infligeait ce traitement.

Cependant elle poursuivit son effort. Tous les jours elle ingurgitait différentes ouvertures et leurs ripostes possibles. Elle ne savait plus si elle le faisait pour fuir l'ambiance pesante de la maison ou pour pouvoir gagner un hypothétique tournoi. Elle était entrée dans le vertige de l'apprentissage. La nuit elle rêvait de figures qui s'alliaient contre elle et s'amusaient à sautiller dans tous les sens sur un échiquier qui ressemblait fortement à un dédale.

Le matin, elle se levait courbatue. L'hôtel et l'accomplissement de ses travaux ménagers lui paraissaient presque délassants, comparés à son entraînement intellectuel.

Le mercredi après-midi, elle se rendait chez Kouros. Celui-ci avait dû effectuer le même travail qu'elle, à cette différence près qu'il était en possession du damier et qu'il pouvait mettre les théories en pratique.

À chaque rencontre, Kouros tentait une nouvelle ouverture. Au début les différentes variantes se mélangeaient dans la tête d'Eleni, et elle confondait les stratégies. Notamment « la partie espagnole » et ses multiples possibilités de riposte, « la défense berlinoise », « la défense Steinitz », « Bird » et « Cordel moderne » lui parurent difficiles à retenir.

Kouros se montrait de plus en plus sévère bien que, dans son for intérieur, il dut admettre que la reproduction de ces fameuses variantes était tout de même très laborieuse. Il se demandait même comment Eleni faisait pour résister à la pression. Extérieurement, il affichait la plus grande indifférence face à ses moments de désespoir. « Si je commence à la plaindre, se dit-il, tout est perdu. Elle ne trouvera plus jamais la force de lutter face à l'adversité. Il faut absolument prétendre que l'apprentissage de toutes ces combinaisons est la chose la plus naturelle au monde. Le jour où Eleni se rendra compte de l'ampleur de la tâche, elle ne pourra plus avancer. » Alors Kouros continuait à la bercer dans l'illusion qu'il ne lui demandait rien d'extraordinaire.

Il avait retrouvé ses allures de maître d'école impartial et inflexible, ne laissant passer ni faute, ni inattention. Parfois Eleni était au bord des larmes. Sa lèvre inférieure glissait en avant et ses sourcils se crispaient. Telle une enfant, elle aurait voulu renverser l'échiquier et déclarer forfait à tout jamais. Mais elle ne le fit pas. Les premières fois, lorsque Kouros la gronda, elle eut une vive réaction de la peau laissant apparaître des rougeurs intempestives sur son cou et ses joues, accompagnées d'une sensation de forte chaleur. Kouros fit alors comme s'il avait la vue basse et se contenta de grommeler :

– Allons, allons. Reprends-toi. Seul l'échiquier existe. Tout le reste est illusion.

D'humiliations en réussites, Eleni parvint à perdre son émotivité, ce qui eut par ailleurs un bel effet dans le quotidien. Elle se montra beaucoup moins sensible aux manifestations de mauvaise humeur de son entourage et garda une étrange sérénité en toutes circonstances de sorte que Panis fut complètement déstabilisé. Répandre du fiel avait perdu tout intérêt. Alors il se contenta d'un mutisme orageux qui tapa surtout sur les nerfs de sa fille qui ne suivait pas la même formation que sa mère.

Même si elle ne le montrait plus, Eleni souffrait toujours de la perte de son harmonie conjugale. Certains jours, elle aurait voulu oublier les événements des derniers mois et se lover à nouveau dans le cocon fait d'habitudes et de tendresses maladroites qui avaient été son quotidien autrefois. Mais la situation s'était enlisée et elle y était pour quelque chose. Alors elle n'avait pas le droit de gémir. Elle se taisait et se jetait avec d'autant plus de vigueur dans son apprentissage.

Au bout d'un mois et demi, elle maîtrisait la plupart des grandes ouvertures et elle s'attaqua aux milieux de partie qui demandaient plus de souplesse et d'initiative. Elle développa soudain un défaut qu'elle n'avait jamais eu auparavant, un attachement déraisonnable à ses pièces majeures, qu'elle rechignait à sacrifier. Si par malheur il lui arrivait de perdre sa dame, elle s'affolait et considérait la partie perdue. Ce défaitisme l'amenait alors à commettre erreur sur erreur. Sa farouche volonté de vaincre avait disparu. Cette évolution consternait Kouros qui avait connu Eleni en assaillante intrépide. Il attribua cette nouvelle attitude à une prise de conscience du danger. Maintenant qu'elle commençait à connaître toutes les ruses dont pouvait disposer l'adversaire, elle était devenue chancelante quant à la manière de mener sa barque. Ses pièces majeures lui parurent des bouées de sauvetage dans les sables mouvants de la perfidie.

Kouros se vit confronté à un dilemme. Il passa plusieurs nuits à tourner le problème dans sa tête. Que pouvait-il faire pour sortir Eleni de sa perplexité? L'apprentissage systématique la privait de sa personnalité qui, dans son originalité, était sa seule chance de gagner. Il savait qu'elle allait s'opposer à des partenaires bien plus expérimentés, instruits et calculateurs. Si elle perdait sa fraîcheur, ses chances de remporter un succès étaient quasiment réduites à zéro. Et pourtant il était impossible de faire l'impasse sur toutes les connaissances dont les autres joueurs disposaient.

Eleni traversa en effet une phase contrariante. Plus elle travaillait moins le résultat était concluant. Elle ne gagnait plus aucune partie. Elle passait tout son temps libre à réviser les stratégies des maîtres, ce qui lui valait des cernes noirs sous les yeux, mais aucune amélioration. Le damier était devenu le cadre du travail le plus rigoureux qu'elle eût jamais à affronter.

La France avec son élégance nonchalante s'éloignait de plus en plus. Eleni avait même des difficultés à se rappeler les traits du couple de Français.

Ces dernières semaines, elle n'avait plus participé à la vie quotidienne de l'île. Se sentant épiée dans ses moindres mouvements, elle ne s'arrêtait plus chez l'Arménien ou chez un autre tavernier pour prendre un verre. Elle se méfiait dorénavant de tout le monde. Les ragots qui couraient sur elle étaient davantage alimentés par cette attitude distante et tenace. Elle s'était lancée au pas de course dans cette impasse.

Cependant les échecs lui demandaient une concentration telle qu'elle en oubliait sa solitude. Future championne ou prétentieuse fourvoyée, elle ne pouvait pas faire les choses à moitié. L'univers des soixante-quatre cases exigeait une soumission totale. Eleni était entrée dans une communication mystérieuse avec les grands inventeurs de parties. Chacun d'entre eux semblait vouloir lui souffler des solutions face aux problèmes qu'elle rencontrait. À travers les époques, ils semblaient discuter entre eux, étayer ou réfuter des thèses, selon leurs tempéraments. Ces altercations avaient élu domicile dans la tête d'Eleni. Elle savait qu'il aurait fallu chasser tous ces messieurs pour pouvoir affronter sereinement un adversaire. Mais elle se sentait faible, malléable poupée entre les mains des grands, forgerons de la légende.

Une nuit de combat, elle réalisa soudain que tous les grands théoriciens étaient des hommes. Elle n'avait jamais entendu parler d'une grande joueuse d'échecs.

Le génie du damier semblait se situer quelque part dans les testicules. Certes pas dans ceux de Panis, mais sûrement dans ceux des maîtres.

Et pourtant, ce n'était pas le roi qui régnait sur la partie, ni même la tour, le cavalier ou la dame. Les pièces n'avaient de sens que les unes par rapport aux autres.

Le pion était la base du jeu, petit soldat serviteur, avançant tout droit vers son unique but, celui du blocage de l'armée ennemie ou de l'ascension sociale. Il pouvait se transformer en dame, tour ou cavalier, selon les besoins du jeu. Si le pion était l'âme des échecs, ce qui était la position de Philidor, la dame en était bien le cœur.

Entre le pion et la dame, le plus faible et la plus forte, entre l'assiduité et la vigueur, il y avait là quelque part une place qu'Eleni pouvait occuper. Il fallait s'y tenir. Si elle arrivait à investir le jeu avec sa propre imagination, elle pourrait gagner des parties. Quitter le champ des rapports abstraits, pour se glisser à l'intérieur de la psychologie de ces figures, c'était la seule manière de ramener le jeu à elle.

Mais dès qu'elle s'attablait à nouveau devant l'échiquier, face à un Kouros manifestant une certaine inquiétude qu'elle captait instinctivement, ces messieurs raisonneurs et donneurs de leçon revenaient et lui menaient la vie dure.

Kouros passa plusieurs jours enfermé dans sa maison. Il ne sortit que pour acheter le strict nécessaire au marché. Il s'alimenta le moins possible espérant donner de cette façon à son esprit l'essor susceptible de

lui apporter une nouvelle solution lumineuse. Il avait
pris une responsabilité vis-à-vis de son ancienne élève.
Il devait aller au bout de ses exigences. Mais il était
en manque d'inspiration. À la fin du quatrième jour,
il avait tout juste réussi à attraper un mauvais rhume
dû à son régime contraignant, pauvre en vitamines,
et à une panne de chaudière dont il avait refusé de
s'occuper tant qu'il ne verrait pas la lumière à la sortie
du tunnel. Eleni le retrouva toussotant et d'humeur
lugubre. Elle s'inquiéta pour lui. Au lieu de jouer aux
échecs, elle lui prépara une bonne soupe chaude qu'il
daigna manger tout en grommelant que ce n'était pas
la peine de s'occuper d'un vieux fou.

Quand Eleni fut partie, non sans maintes recom-
mandations médicales, Kouros s'endormit dans son
fauteuil. Il fit un rêve confus dans lequel il avançait
au milieu d'un champ de fleurs. D'autres personnes
qu'il n'arrivait pas à distinguer clairement lui faisaient
signe. Il se dirigeait vers elles, mais le champ de fleurs
s'allongeait au fur et à mesure qu'il se frayait son chemin. Soit qu'il ne marchât pas assez vite, soit que l'étendue fût trop vaste, il ne parvenait pas à les rejoindre.

Il se réveilla en nage au milieu de la nuit. Durant un
instant il fut désorienté. Une fois resitué dans l'espace,
il se leva péniblement et se rendit dans sa chambre. Il
se déshabilla et se coucha dans son lit avec un pressen-
timent désagréable, un goût dans la bouche, souvenir
ancestral de quelque chose à venir, d'inéluctable.

Le lendemain, le professeur se réveilla dispos malgré cette toux persistante qui dérangeait ses poumons
à intervalles réguliers. Il se prépara un café et le but à

petites gorgées. Soudain une pensée le traversa, trop fugitive. Kouros traita son vieux cerveau de tous les noms. Après un petit déjeuner frugal, il sortit faire une promenade. Il s'efforça de laisser vagabonder son esprit librement sans retenir aucune idée en particulier pour pouvoir reconnaître avec certitude celle qu'il attendait. De retour chez lui, sur le seuil de sa porte, il se souvint. L'idée était aussi lumineuse que désagréable, et Kouros fut tenté de la rejeter aussitôt, mais sa mauvaise conscience envers Eleni l'emporta.

Il entra, se dirigea vers le buffet, ouvrit un tiroir et se mit à chercher frénétiquement. Finalement, après avoir vidé deux tiroirs par terre, il s'empara d'un petit calepin en cuir usé qu'il agita d'un air triomphant.

Une voix enrouée et mal réveillée répondit au bout de huit sonneries.

— Ne me dis pas que tu dors encore, dit Kouros se passant des préambules d'usage.

— Je ne parle pas aux malpolis, répondit l'autre avant de raccrocher.

Sans se démonter, Kouros composa le numéro une deuxième fois. Il fit le pari de la curiosité de son interlocuteur et gagna puisque ce dernier décrocha à nouveau.

— Qui est à l'appareil ? cria la voix.

— Tu sais très bien qui est à l'appareil, Costa, affirma Kouros calmement.

— Je te signale, dit le dénommé Costa dignement, que cela fait trente ans que nous ne nous parlons plus et je ne vois aucune raison de renoncer à cette douce habitude.

– Je suis entièrement de ton avis. Je ne veux pas te parler. Je veux que tu viennes jouer aux échecs.

Un long silence s'installa. Seul le souffle un peu court de Costa indiquait que la communication n'était pas interrompue.

– Tu dois avoir perdu la tête, décida le vieil homme à l'autre bout de la ligne.

– Ce n'est pas pour moi, expliqua Kouros. C'est pour une jeune femme, Eleni. Il y a urgence.

– Je ne vois aucune urgence qui puisse se présenter en matière d'échecs, répliqua Costa, suivant une logique imparable.

– C'est parce que tu manques d'imagination, décréta Kouros cavalièrement. Viens cet après-midi, et je te raconterai tout.

– Pourquoi je le ferais ? demanda Costa.

– Parce que tu en meurs d'envie, suggéra Kouros avant de raccrocher, priant de ne pas s'être trompé.

Il passa plusieurs heures à s'agiter fébrilement jusqu'à ce qu'il entende la sonnerie de la porte retentir. Il poussa un soupir de soulagement puis ouvrit à Costa.

Ils avaient beau être en froid depuis une trentaine d'années, leur vieillissement respectif ne fut pas une surprise pour eux. Ils s'étaient bien sûr, vie insulaire oblige, aperçus au marché ou en ville, mais sans jamais s'adresser la parole.

Ils se contentèrent de se saluer brièvement sans faire de commentaire désobligeant, et Kouros pria son ancien ami d'entrer.

Costa avait un corps solide et trapu, un front de taureau et le regard empli d'une méfiance, en l'occurrence justifiée. Il avait été toute sa vie pharmacien à Chora, mais depuis qu'il était à la retraite, il s'était retiré à Apollonas, un petit village situé au bord de la mer tout au nord de l'île. Il passait le plus clair de son temps assis dans une taverne du port où il observait les touristes ou les pêcheurs selon la saison. Cette vie certes reposante mais pauvre en événements lui tapait sur les nerfs. Il regrettait son existence de distributeur de médicaments qui, sans être à proprement parler passionnante, avait été agrémentée de petits échanges et de rencontres plus ou moins stimulantes. Son travail lui avait toujours laissé du temps libre pour des excursions le long des bancs de sable, ses terrains de séduction.

De temps en temps, il lui arrivait encore de faire de petits pèlerinages sur les plages de sa jeunesse où il avait noué quelques relations plus ou moins furtives. Mais lors de ces escapades le regard des autres glissait sur lui, comme s'il était devenu un élément du paysage, plus arbre qu'homme, et au fond, malgré une certaine révolte intérieure, cela correspondait bien à son sentiment. Sa vie d'arbre était teintée de tristesse. Ses rares échanges avec les autres plantes ne portaient plus sur des sujets qui l'avaient jadis passionné. C'était la raison pour laquelle il s'était déplacé sur la demande de Kouros, devenu comme lui une composante du paysage, bien que davantage animal chétif que végétal noueux.

Les deux hommes s'assirent face à face. Costa, prenant un malin plaisir à garder le silence, regarda l'autre droit dans les yeux. Kouros était mal à l'aise. Il s'était évidemment préparé à une manifestation d'inimitié, mais maintenant qu'il était réellement confronté à cette épreuve, il ne savait pas comment balayer toutes ces années de rancune par une pirouette en faveur de sa requête actuelle. Il se leva pour prendre son tabac. Dans ce silence pesant, il entendit ses pieds racler le sol et eut en un éclair la vision de sa propre déchéance. Contrairement à Costa, il n'en éprouvait ni révolte, ni douleur. Une certaine fatigue peut-être, tout au plus.

Kouros rejoignit sa chaise, et s'appliqua à rouler une cigarette. Il parvint à chasser ses sombres pensées pour se concentrer sur le récit de l'aventure d'Eleni. Costa l'écouta sans l'interrompre. Puis quand le professeur eut terminé, il le traita simplement de crétin.

Kouros se garda bien de relever l'injure. Il n'était pas en position de force. La première sagesse était de laisser à l'autre la possibilité de marquer des points. Au bout de quelques secondes, il s'aventura à dire :

– Crétin ou pas, il faut qu'on agisse. Nous ne pouvons pas l'abandonner comme ça.

Costa réagit sur-le-champ :

– Mais toute cette histoire à dormir debout ne me concerne pas du tout. Débrouille-toi avec tes conneries.

Tout en remettant ainsi Kouros à sa place, Costa cherchait dans son esprit s'il avait le moindre souvenir de la femme de chambre Eleni, mais il ne trouvait absolument rien. En tant que commerçant, il était plutôt physionomiste. Eleni ne devait pas avoir été souvent malade ou alors elle était tellement insignifiante qu'il avait oublié son existence dès qu'elle avait quitté la pharmacie. Cela arrive, des gens transparents, plus souvent qu'on ne le croit, pensa-t-il.

Kouros profita de ce moment de flottement pour poser une carafe de vin blanc et deux verres sur la table. Il les remplit et en tendit un à son camarade, qui l'accepta sans faire d'histoires, trop absorbé par ses réflexions.

– Elle joue bien ? demanda Costa après avoir bu la première gorgée.

– Étonnamment bien, s'empressa de répondre Kouros. Mais elle a besoin d'un autre partenaire que moi. Elle me connaît trop. Il faut la déconcerter. Tu es le seul capable de l'aider à retrouver un jeu personnel.

Costa fut agréablement surpris, non par la demande absurde, mais par le fait que Kouros se souvenait de ses talents de joueur d'échecs.

Il avait en effet disputé quelques parties avec Kouros. Puis après leur brouille, pendant quelques années, il avait joué par correspondance, ne trouvant plus de partenaire digne de ce nom sur l'île. Les échanges se faisaient par lettre ou téléphone. Ainsi il avait disputé des parties avec des Athéniens, des Crétois ou même des étrangers. Les conversations téléphoniques se limitaient souvent à la seule indication de la nouvelle position des pièces sur l'échiquier. Il avait trouvé cette forme de communication concise assez plaisante. Pourtant il avait arrêté depuis plusieurs années. La dernière partie qu'il avait jouée était restée inachevée. Un jour son partenaire n'avait plus appelé pour lui faire part de son coup. Peut-être qu'il était mort subitement. Costa l'ignorait. Il n'avait jamais pris la peine de se renseigner sur le sort de son interlocuteur. Il s'était contenté de ranger l'échiquier au bout de quelques semaines, prenant cet arrêt pour un signe que le temps des casse-tête solitaires était révolu.

– Et si je ne savais plus le faire ? demanda-t-il.

– Alors il n'y a pas d'issue, répliqua Kouros humblement.

– Quand?

– Samedi après-midi, répondit le professeur en tirant sur la cigarette molle, qu'il tenait entre ses doigts tachés.

Costa finit par consentir. Il était en effet curieux de voir cette femme de chambre pour laquelle Kouros avait renié ses intimes convictions. Le professeur était têtu comme une mule et il n'aurait pas rompu ce silence s'il n'avait pas une excellente raison de le faire. Costa connaissait bien son ancien ami. Dans sa jeunesse, Kouros avait été un homme presque arrogant dans son extrême politesse. Le professeur se suffisait à lui-même, il n'avait pas vraiment besoin des autres. Costa ne croyait pas que l'âge aurait pu l'affaiblir au point de revenir sur ses positions. Alors pour quel motif avait-il dérogé à ses propres règles? C'était un mystère. Comment Kouros, le flegmatique, qui avait gâché sa vie à force d'être indifférent, ou du moins d'avoir feint de l'être, même vis-à-vis de sa propre douleur, pouvait-il se passionner pour le destin de cette bonniche? Costa quitta Kouros avec un sentiment de stupéfaction qui dépassait encore son exaspération.

Quand son ami fut parti, Kouros poussa un soupir de soulagement. Il se rendit à la cuisine et mit son nez dans un livre de recettes pour se préparer un festin bien mérité. La première bataille était gagnée. L'idée qu'il pouvait encore gagner des combats difficiles le réjouit. La faiblesse physique qu'il avait ressentie ces derniers jours s'était évaporée.

Contre toute attente, la rencontre avec Costa lui avait fait du bien. Les querelles du passé lui paraissaient maintenant secondaires. À son âge, il n'avait plus rien à perdre, plus de réputation à préserver. Costa continuerait sans doute à lui en vouloir jusqu'à la fin de ses jours. Mais cela n'avait aucune importance. D'ailleurs, de son point de vue, Costa était dans son bon droit. Kouros l'admettait volontiers. Seulement leurs points de vue étaient diamétralement opposés. Cela n'avait rien à voir avec l'orgueil comme se l'imaginait Costa. Mais il lui avait imposé sa décision par la force des choses, pour la simple raison que celui qui se refuse est toujours plus fort que celui qui se donne. Les raisons de son refus avaient été d'ailleurs simples quoique inacceptables aux yeux du pharmacien.

Le secret qu'il avait gardé sur son commerce avec les hommes était l'unique garant de son commerce avec les choses de l'esprit, pour lui essentiel. C'était ce monde-là qu'il avait fallu préserver avant tout. Il avait voulu vivre dans sa rêverie, dans cette communion avec les écrivains et les philosophes. Fils d'ouvrier agricole, renégat de sa condition, un parvenu parmi la gent intellectuelle, il ne lui restait pas d'autre choix que de gagner sa vie en tant que professeur.

Ainsi il avait commencé à travailler dans les années trente, l'île ne comptait alors que quelques milliers d'âmes. Même plus tard, il y avait une nuance importante entre le comportement que les îliens acceptaient des touristes et celui d'un maître d'école censé éduquer leurs jeunes enfants. Il avait préféré passer pour un original solitaire plutôt que de se faire attaquer de front pour ce qu'il était. De la poudre aux yeux, une aura de mystère. En fin de compte, cela avait été plutôt amusant.

Costa ne partageait pas son sens de l'humour. Dans ses moments d'énervement, il appelait l'attitude de Kouros « manque de couilles » ou « neurasthénie de mauviette », ce qui était joliment trouvé quoique blessant et un peu excessif. Costa voulait être libre au grand jour. Un révolutionnaire en somme. Peut-être un homme plus moderne. Kouros sourit en pensant au Costa des années cinquante, hâbleur, provocateur et fonceur, qui n'avait jamais laissé planer le moindre doute sur ses goûts. Kouros avait été sa déception et il en était sincèrement désolé. On est toujours la déception de quelqu'un, se rassura-t-il en faisant glisser trois côtes d'agneau généreusement garnies d'ail dans l'huile d'olive qui frémissait dans la poêle. Du fond du placard de sa cuisine, il sortit une bouteille de bordeaux 1965 qu'il avait gardée pour les grandes occasions et la déboucha cérémonieusement. En versant le vin dans une carafe, il admira sa belle robe vermeille et respira voluptueusement le lourd parfum terreux. Il faut célébrer les fêtes quand l'occasion se présente. L'histoire ancienne ne lui gâcherait pas celle-ci.

Plus tard, dans la soirée, Eleni téléphona pour s'enquérir de sa santé. Elle avait la nette impression que le professeur parlait avec la bouche pâteuse mais elle mit la chose sur le compte de la maladie. Kouros balbutia quelques banalités qui rassurèrent Eleni, puis lui recommanda d'être bien à l'heure le samedi suivant pour leur petite partie. Celle-ci le lui promit.

En dehors des rencontres studieuses avec Kouros, Eleni était seule avec les seigneurs qui jouaient des parties dans sa tête. Pour les tenir à distance, elle prit l'habitude de faire de longues promenades. Les grands maîtres d'échecs, avait-elle remarqué, n'aimaient guère affronter la nature. Ils avaient besoin de l'ambiance feutrée des chambres ou des antichambres où ils pouvaient déployer leurs armées, sans que les éléments fissent irruption dans leurs campagnes imaginaires. Le vent, le soleil, la pluie ou le froid les incommodaient, et ils se perdaient un à un sur la route. Seul le dragon, semi-accéléré ou pas, résistait bien au soleil et au vent. C'était dans sa nature d'animal indomptable. Il fallait au moins une pluie sauvage pour le voir se retirer complètement.

Lors de ces rares moments de trêve, Eleni choisissait de préférence des chemins éloignés de Chora qu'elle connaissait depuis son enfance, mais où elle n'avait pas souvent eu l'occasion de retourner ces dernières années. Elle constata que l'île avait changé. De nouvelles maisons blanchies à la chaux avaient surgi un peu partout, et de petites tavernes balisaient les sentiers en bord de mer. Les villages, qui longeaient la côte, autrefois espacés, s'étaient rejoints et formaient maintenant un ruban continu et bigarré aux airs de vacances.

Les échoppes quasi identiques vantaient leurs singularités sur de grandes affiches colorées. Tout ce fatras publicitaire n'existait pas dans sa jeunesse. Les articles vendus étaient pourtant plus ou moins les mêmes : maillots de bain, crèmes solaires, cartes postales, guides touristiques et reproductions de la porte d'Apollon sur tous les supports possibles. S'y étaient ajoutés de grands animaux gonflables aux grimaces grotesques. Ces flotteurs estivaux se balançaient au gré du vent, et s'ils avaient pu, ils se seraient envolés vers les paradis artificiels dont ils étaient visiblement issus. Eleni les regarda de près, mais elle ne trouva pas de dragon. Animal trop puissant pour se transformer en jouet gonflable, il n'était pas entré dans l'imaginaire des fabricants.

En ce début du mois d'avril, saison durant laquelle aucun natif de l'île ne se serait aventuré dans l'eau froide de la mer Égée, les premiers crocodiles vert fluo, dauphins bleu acide et cygnes rose bonbon pointaient leur nez frigorifié hors des échoppes et chassaient vers l'intérieur des terres les animaux de chair et d'os, ânes et chèvres, apeurés par ces visions surnaturelles, qui les imitaient de façon grotesque.

Quand Eleni rentrait après une de ces promenades, elle se remettait au travail. Elle s'acquittait d'abord de ses tâches ménagères qu'elle ne négligeait jamais, pressentant que le soin qu'elle apportait à ce travail était le dernier rempart contre la colère grandissante de son mari.

Ensuite elle continuait à explorer les configurations possibles de milieux de partie. Elle connaissait bien maintenant les différentes variantes de clouages qui consistaient à immobiliser partiellement ou totalement une pièce importante de l'adversaire. Elle étudiait la septième et la huitième traverses qui offraient une possibilité d'attaque sur le flanc, si les pions protégeant le roi étaient toujours à leur place initiale. Elle parvenait bien à restituer les exemples donnés dans son manuel, mais se demandait de plus en plus souvent ce qu'elle devait faire si l'adversaire ne réagissait pas comme prévu. Kouros avait vu juste, et elle le savait. Elle avait perdu sa spontanéité.

Le samedi après-midi, Eleni pensa à apporter quelques fruits à Kouros. Quand elle arriva chez lui, chargée de ses sacs de commissions, Costa, qui, curieux, attendait déjà sa partenaire, éclata de rire. C'était cette petite femme à la couleur de cheveux indéfinissable, avec ses airs de paysanne, qui était l'objet de la sollicitude du professeur Kouros ! Il n'en croyait pas ses yeux. Kouros le fustigea du regard, lui intimant ainsi l'ordre de maîtriser sa crise d'hilarité, et les présenta. Ébranlée par ce rire sonore qui l'avait accueillie, Eleni se réfugia à nouveau derrière sa timidité, seul poste d'observation qu'elle pouvait ériger partout en l'espace d'une seconde.

Habituée à leur petit rituel, elle avait pensé trouver Kouros seul. Elle lui tendit son filet de pommes et fit des sourires polis à Costa. Puis elle s'assit sur le bord de la chaise, comme elle l'avait fait quelques mois auparavant.

Kouros s'empressa de lui expliquer la situation, mit l'échiquier sur la table et plaça les deux armées au départ. Costa, toujours amusé, eut un geste de galanterie en accordant d'emblée les blancs à Eleni. Hésitante, celle-ci regarda les deux hommes, l'un après l'autre. Ensuite, réalisant qu'elle n'échapperait pas à cette épreuve, elle se redressa sur sa chaise, se concentra quelques secondes, puis fit sa première manœuvre. Costa répliqua machinalement, sans réfléchir, comme s'il voulait abréger l'ennui auquel il s'attendait inexorablement en jouant très vite. Imperturbable, Eleni poursuivit son dragon semi-accéléré et mit Costa dans l'embarras au bout de quelques traits. Celui-ci fronça les sourcils et commença à jouer sérieusement. Il alluma une première cigarette. Les plages de réflexion se prolongèrent.

Elle se promit de ne pas sortir humiliée de cette rencontre. Elle en voulait à Kouros qui l'avait attirée dans ce traquenard, et sa colère l'aida à déployer ses forces.

Kouros, qui avait appris à connaître son amie, sourit de la voir ainsi, front baissé et regard fixe. Durant toute la partie, il ne dit pas un mot. Il se contenta d'observer les mouvements feutrés des figurines qui glissaient furieusement sur le damier. Costa se remit assez vite de sa surprise, mais il peina à prendre le dessus. Son jeu demeura défensif et manqua d'envolées. Au bout d'une heure et demie, Eleni le coinça. Sans être mat, il ne pouvait plus faire grand-chose. Ils convinrent d'en rester là.

Kouros servit un peu de vin aux deux combattants, et Costa félicita Eleni du bout des lèvres. Une date de revanche fut fixée. Kouros était d'une humeur très enjouée. Il était arrivé à ses fins. Costa fulminait, la mine triomphante de son ami n'arrangeait pas les choses. Eleni se sentit rassurée. Elle sourit et trinqua avec eux. Prétextant le long trajet en bus pour rentrer à Apollonas, Costa prit congé assez rapidement. Kouros le raccompagna et le remercia chaleureusement, mais ne parvint pas à ragaillardir son sauveur.

En rentrant à la maison ce jour-là, Eleni chantonna un petit air joyeux. Elle savait jouer aux échecs. Elle avait réussi à mettre monsieur le pharmacien en difficulté. La prochaine fois, il faudrait le battre. Toute la soirée, elle fut portée par son sentiment de triomphe.

En la voyant si guillerette, Panis se sentit encore plus abattu. Il se demandait déjà depuis un certain temps où elle pouvait bien se rendre tous les mercredis et samedis après-midi. Mais tant qu'elle avait arboré un air soucieux, il ne s'était pas particulièrement intéressé à ces rendez-vous. Or ce jour-là, entendre la petite rengaine qui retentissait dans la cuisine, pendant que sa femme préparait le repas, suffit à le mettre hors de lui. Il n'attendit même pas que le dîner fût prêt, mais sortit de la maison en claquant la porte pour se rendre directement chez l'Arménien.

Le moment était mal choisi. Le restaurant était bondé et l'Arménien courait d'une table à l'autre. Il fit servir un souvlaki d'agneau et une carafe de vin blanc à Panis et lui adressa de temps à autre de petits sourires d'encouragement. Quand « le coup de feu » fut passé, il s'assit à la table de son ami, dont l'air dévasté lui inspira pitié.

— Cela ne peut pas durer, dit Panis. Je divorce.

— C'est peut-être prématuré, répondit le restaurateur prudemment. Attends encore un peu. Tu ne vas tout de même pas divorcer pour un échiquier.

– Je divorce pour ce que je veux, grommela Panis sans grande conviction.

L'Arménien se leva et mit une bouteille d'ouzo sur la table. Il servit un verre généreux à Panis et se versa une petite goutte anisée qu'il dégusta, comme si cette boisson, qu'il consommait quotidiennement depuis son seizième anniversaire, pouvait soudain lui apporter une inspiration inattendue.

– Qu'est-ce qu'elle fait ? demanda-t-il simplement, après s'être rendu à l'évidence que l'ouzo ne provoquerait pas de court-circuit productif dans ses neurones.

– Elle rigole, répliqua Panis sombrement en fixant son verre laiteux.

– Comment ça ? eut l'imprudence de demander le pauvre Arménien.

Il avait imaginé Eleni têtue mais pas provocatrice. Sa question stupide eut la vertu de réveiller Panis, qui s'écria énervé :

– Comment tu veux qu'on rigole ? Comme ça.

Il partit d'un grand rire qui sonnait faux, tout en se tapant sur les cuisses. Les autres clients du restaurant se retournèrent. L'Arménien se sentit un peu gêné. Il afficha son sourire commercial en guise d'excuses et se gratta la tête. Le chant des oiseaux, dérangés dans leur sérénade, doubla de volume. Les clients se désintéressaient de Panis, qui était retourné à sa léthargie initiale.

– Elle sort assez souvent, dit-il après un long moment.

– Il faut en avoir le cœur net, trancha l'Arménien. On va la suivre.

Panis leva la tête et scruta le visage de son ami, qui s'avérait bien plus ingénieux qu'il ne l'avait pensé.

Sa mine s'éclaircit. Mais après cette courte escale de soulagement et d'enthousiasme, il replongea dans le doute.

– C'est indigne de suivre sa propre femme, avança-t-il. J'aurais l'air de quoi ?

– T'auras l'air de rien du tout, le rassura l'Arménien. Personne ne le saura.

Le regard de Panis était toujours soupçonneux, mais il s'avoua que le procédé proposé par son ami était bel et bien le seul susceptible de l'aider à prendre une décision. Il leva son verre pour trinquer avec lui.

– Quel est ton vrai nom au fait ?

– Sahac, répondit l'Arménien, surpris par cette question que, en dehors de sa femme vingt ans auparavant, personne ne lui avait jamais posée.

– *Yamas*, Sahac ! dit Panis qui vida son verre d'un trait.

– *Yassou*, Panis ! répondit l'autre qui fit de même.

Les deux hommes burent jusque tard dans la nuit et, en prenant congé, se donnèrent rendez-vous pour le mercredi suivant, jour où Eleni avait coutume de disparaître.

Le lendemain Panis affichait un air de conspirateur. En dehors d'un léger mal de tête qui s'était fait sentir au lever, il se portait nettement mieux. Sa nouvelle mission d'espionnage lui apportait une joie de vivre qu'il n'avait plus éprouvée depuis la première dispute avec Eleni. Il se surprit à chantonner à son tour en examinant le moteur d'une vieille voiture qu'il connaissait par cœur tellement il l'avait démonté et remonté. À midi, il essuya ses mains pleines de cambouis et rentra à la maison, le sourire aux lèvres. Il mangea avec beaucoup d'appétit le stifado qu'Eleni avait préparé, puis retourna au travail avec autant d'enthousiasme.

Eleni trouva ce changement de comportement subit hautement suspect. Pendant qu'elle lavait la vaisselle, elle pensa à ce qui avait pu se passer la nuit précédente, quand Panis était rentré à cinq heures du matin. Le bruit de la porte l'avait réveillée. Il fallait que ce fût un événement significatif pour que son mari retrouve une humeur aussi parfaite. Un éclair de jalousie la transperça. Ce n'était certes pas la première fois qu'elle éprouvait ce genre de sentiment et souvent cela avait été justifié. Mais cette fois-ci, c'était de sa faute. Elle était allée trop loin. Panis la quitterait pour une autre. Elle resterait seule avec les deux enfants et son jeu d'échecs. Elle n'avait plus qu'à s'habiller en noir pour le restant de ses jours. Elle était la reine des imbéciles. Cette idée l'égaya un peu. Imbécile, peut-être, mais reine tout de même, pensa-t-elle, s'avouant qu'il était de toute façon trop tard pour faire marche arrière. Elle se promit de faire une visite à l'église qu'elle avait un peu négligée ces derniers temps.

Le mercredi après-midi, avant de se rendre chez Kouros, Eleni fit donc un petit crochet par l'église. Elle entra dans l'antre divin avec un émerveillement égal à celui qu'elle avait éprouvé dans son enfance. L'endroit plongé dans la pénombre uniquement éclairé par des cierges, l'odeur enivrante de l'encens, les fresques et les icônes dorées qui servaient de décor aux silhouettes noires des prêtres glissant en silence sur le sol dallé du saint édifice, l'impressionnaient toujours. Un petit frisson parcourut le corps d'Eleni saisi autant par la différence abrupte de température que par le respect que ce lieu sacré lui inspirait. Lentement elle avançait dans la nef centrale se laissant envahir par la mise en scène du sublime. Elle ne ressentait pas le besoin de s'entretenir avec un prêtre. Il lui aurait paru inconvenant de déranger un saint homme pour une histoire d'échecs et de dissension conjugale. L'église même contenait la réponse qu'elle était venue quémander. On ne s'adresse pas au Seigneur pour un jeu, se reprocha Eleni. « Tu as pensé aux enfants, femmes et hommes qui meurent de faim ou périssent à la guerre », se demanda-t-elle tandis qu'elle cherchait un endroit pour s'agenouiller. Elle se tassa sur un banc et commença ses prières se concentrant sur l'essentiel, le salut de son âme, celui de ses proches et la paix dans le monde.

Ensuite elle acheta cinq cierges et les alluma en invoquant le Seigneur tout-puissant pour qu'il exauce ses vœux.

Ses gestes déconcertèrent fortement Panis et Sahac, cachés derrière un pilier à l'arrière de l'église. Ils l'avaient suivie à distance, comme cela avait été convenu lors de leur soirée de beuverie.

– Tu vois, chuchota l'Arménien. Tu te trompes complètement à son sujet. Elle a pris la voie de la religion, ce qui est, après tout, une très sage décision.

Panis savait sa femme croyante, mais resta sceptique. Entre la foi et la ferveur religieuse il y avait une sacrée nuance, et il ne voyait pas Eleni franchir si facilement cette barrière. Elle était peut-être devenue folle, mais bigote, il en doutait.

Eleni sortit de l'église rassérénée, portée sur une centaine de mètres par la douce conviction d'avoir fait son devoir de chrétienne orthodoxe. Elle se promit d'assister dorénavant à la messe avec la même régularité que durant les premières années de son mariage. Arrivée à l'arrêt du bus pour Halki, son exaltation s'estompa. Tandis qu'elle attendait le véhicule bringuebalant, qui devait l'emmener vers la revanche du pharmacien Costa, ses soucis de ménage et de jeu qui l'avaient initialement conduite en ce lieu saint resurgirent intacts. Elle s'était assise et regardait ses pieds légèrement enflés dans ses sandales blanches de travail. Peut-être devrait-elle tout de même renouer le dialogue avec Panis avant qu'il ne soit trop tard. Elle ne remarqua pas les deux silhouettes fumant à l'ombre d'un kiosque à journaux, les yeux rivés sur elle.

Le bus arriva. En prenant son billet, Eleni échangea quelques mots avec le conducteur. Ensuite elle prit place à l'arrière du véhicule et se laissa transporter à travers le paysage en fleurs. En cette saison, Naxos se montrait sous son meilleur aspect. La terre n'était pas encore brûlée, mais exultait de vert et de jaune, ponctuée de fantaisies violettes. Eleni avait une affection particulière pour les ânes qui, depuis toujours, sillonnaient les plaines et les montagnes. Leur démarche régulière quoique récalcitrante lui inspirait une certaine tendresse. Les ânes de Naxos n'avaient pas la belle vie. Maigres porteurs d'énormes fardeaux, ils n'avaient que de rares loisirs, attachés à une corde, près de la route, sous un soleil impitoyable. Sans espoir de rédemption, ils regardaient les passants d'un œil méfiant, en mâchant quelques herbes décolorées. Dépourvus de la grâce des chevaux, cousins lourdauds de la campagne, les paysans ne les considéraient ni pour leur beauté, ni pour leurs qualités de gardiens de nuit. Animaux utilitaires, véhicules animés, leur résignation, parfois mauvaise, touchait Eleni. Elle les avait toujours traités respectueusement quand, jeune fille, elle était partie avec eux dans les vignes ou les champs. Pour les visiteurs pressés, venant d'un monde au rythme effréné, les ânes se ressemblaient tous, alors qu'Eleni avait toujours remarqué les petits détails qui les distinguaient.

« Les ânes sont les pions de cette île », pensa-t-elle. Aucune machine moderne n'avait su les remplacer. Ils avançaient pas à pas, lentement, patiemment, sans autre vocation que de rendre service et de manger de la bonne graine les années fastes. « À Paris, les ânes doivent être rares », se dit-elle et elle sourit soudain à l'idée d'un âne descendant les Champs-Élysées. À la télévision, elle avait vu des éléphants à Bombay, qui courageusement se frayaient leur chemin au travers d'une circulation d'un autre âge, mais un âne traversant la capitale française lui paraissait incongru. Ces réflexions l'apaisèrent peu à peu. « Panis ne me quittera pas. Nous avons grandi dans le même univers, connu les mêmes peines et les mêmes regrets. Il n'aura pas le courage d'enseigner son enfance à une autre femme. »

Ce dernier, qui suivait à ce moment précis le bus au volant de sa voiture, était en train de décider du contraire. Pendant tout le trajet, il pestait contre sa vie, les femmes en général et la sienne propre, particulièrement fourbe. Sahac, fumant en silence, écoutait distraitement se déverser ce fiel. Il se demandait si cette filature était vraiment une idée brillante.

– Église, mon cul ! cria Panis. Il ne faut pas me prendre pour un imbécile. Tu verras, ajouta-t-il sur un ton menaçant.

Eleni descendit du bus à Halki et prit le chemin le plus court pour se rendre au domicile du professeur.

Cette fois, elle arriva la première. Elle s'assit à la table du salon et, en attendant que son adversaire l'apothicaire fît son entrée, entama une conversation avec Kouros. Celui-ci, bien que toujours pâle et encore plus grêle que d'habitude, était d'excellente humeur. Il posa quelques questions à Eleni concernant la partie espagnole, auxquelles elle répondit d'une manière satisfaisante.

Il lui rappela encore une fois l'importance des pions.

– La plupart du temps c'est le pion qui ouvre la partie, et souvent il joue un rôle crucial dans l'ultime phase du jeu, lui répéta-t-il. Le pion n'a l'air de rien. Au début, il paraît plutôt encombrant, et l'on a tendance à le sacrifier rapidement, mais c'est lui qui se mettra en travers du chemin d'un roi en fuite. C'est ce simple soldat qui peut te faire gagner la partie. Si tu le traites avec trop de légèreté, tu parviendras peut-être à un pat, mais une véritable victoire demande une prévoyance extraordinaire dès les premiers échanges. Le pion est la seule pièce qui peut se transformer en reine si tu arrives à le faire avancer inexorablement. Il prendra son envol quand les pièces majeures auront déserté le champ de bataille.

Eleni écoutait un peu distraitement les instructions de Kouros car elle commençait déjà à se concentrer sur la partie à jouer.

Panis et Sahac s'étaient postés derrière la fenêtre latérale de la maison d'où ils pouvaient surveiller le salon. N'entendant pas la conversation, ils étaient en train de se demander ce qu'Eleni faisait avec le vieillard, quand ils durent déguerpir d'urgence voyant une troisième personne s'approcher de la maison. Ils se jetèrent dans les buissons garnis de fines épines qui éraflèrent sournoisement la peau de leurs avant-bras. Ce petit accident de parcours contribua à envenimer la situation, transformant Panis en un taureau écumant. Sahac, toujours pondéré, maudit encore une fois l'idée qu'il avait insufflée à son ami.

Lorsqu'ils reprirent position derrière la fenêtre, Panis eut beaucoup de difficultés à se tenir tranquille. Il se balançait d'un pied sur l'autre comme s'il s'apprêtait à sauter à travers la vitre, tout en y collant son nez afin de pouvoir distinguer les personnages dans la pénombre.

Eleni et Costa étaient déjà accoudés devant l'échiquier, chacun un verre d'eau à sa portée. Costa réfléchissait à son ouverture. Kouros était debout les yeux rivés sur le damier.

Sahac peina à cacher son soulagement. Il s'était imaginé bien pire qu'une innocente partie d'échecs avec des vieux. Il faillit éclater de rire, mais se retint, constatant que Panis ne partageait pas sa bonne humeur. Ce dernier regardait fixement la scène qui se déroulait dans le salon du professeur. Il ne songeait qu'au moyen de mettre fin à cette provocation, cette trahison, qui, et c'était vraiment le comble, se déroulait sur son propre échiquier. Il aurait voulu intervenir immédiatement, crier son indignation, se conduire en maître de la situation. Mais quelque chose d'inexplicable le retenait. Peut-être était-ce le silence excessif qui régnait dans le salon ou alors le respect qu'il avait pour le vieil homme et sa réputation de sage ? Il n'aurait pas su le dire. Mais il attendit.

Sahac tenta de le détourner de la scène.

– Tu sais, cela peut durer des heures. Il ne se passera rien de plus. On peut y aller.

Pour toute réponse, Panis fit un geste d'impatience et continua à guetter le moindre mouvement à l'intérieur. Costa bougea un premier pion. Eleni considéra le coup pendant un moment. Il était impossible de connaître les desseins du pharmacien par la simple avancée d'un pion, mais elle opta pour une partie fermée. Elle fit donc le même geste en miroir. Sa tension intérieure se relâcha imperceptiblement. La partie était maintenant en cours.

Sahac s'était éloigné de la fenêtre. Il fit quelques pas dans le jardin, tout en surveillant la ruelle. Il n'avait aucune envie d'être vu en train d'espionner le professeur. Sa survie de commerçant dépendait de sa réputation ; il ne pouvait pas se livrer à des excentricités. Mais ses craintes s'avéraient infondées. À cette heure de l'après-midi, la ruelle était déserte. Seuls un chat tigré et quelques gros lézards évoluant lestement au soleil avaient pris possession des lieux. Les cigales faisaient leur raffut habituel. De temps à autre l'Arménien jetait de petits coups d'œil inquiets en direction de Panis qui était toujours fasciné par le tableau qui s'offrait à ses yeux. Au grand soulagement du restaurateur, le garagiste paraissait moins agité. Le fait était que Panis avait raté le moment où il aurait encore pu se manifester, ou du moins le pensa-t-il. Plus la partie allait bon train, plus une action spectaculaire paraissait incongrue.

Discrètement Sahac consulta sa montre. Ils étaient sur place depuis une petite heure. Il n'avait pas prévu de s'absenter tout l'après-midi, mais il jugeait imprudent de laisser Panis tout seul.

Si Eleni avait levé la tête vers la fenêtre, elle aurait distingué le visage de son mari, le nez collé contre la vitre. Or, même lorsqu'elle quittait de temps à autre le damier des yeux, elle n'apercevait pas son entourage. Les soixante-quatre cases s'étaient substituées au monde environnant.

Le pharmacien jouait mieux que la fois précédente. Il avait mis à profit les quelques jours qui avaient précédé la revanche pour réviser ses leçons. C'était un homme fier, doté d'une logique implacable, qui pouvait calculer plusieurs coups à l'avance. Kouros ne l'avait pas choisi au hasard. Les deux rivaux jouaient serré. Eleni avait un petit avantage matériel, rechignant toujours à sacrifier ses pièces trop vite, mais les figures de Costa étaient particulièrement bien placées et tenaient la femme de chambre en haleine. Elle ne pouvait pas se permettre la plus petite erreur.

— Il faut que je téléphone, annonça Sahac d'un ton résigné.

Panis opina du chef, sans détacher son regard de la scène. Tandis qu'il s'éloignait un peu afin qu'on ne l'entendît pas, Sahac se demandait ce que son ami pouvait bien observer avec autant d'intérêt. Il avait pu constater par lui-même qu'il ne se passait rien à l'intérieur, qu'on ne voyait même pas la totalité de l'échiquier. Il soupira, puis composa le numéro de la taverne. Un air lancinant de bouzouki parvint à ses oreilles avant qu'il distinguât la voix de sa femme. Il lui expliqua la situation le plus succinctement possible, sans évoquer les détails, et prévint qu'il ne serait probablement pas là pour la préparation du dîner. Il s'attendait à des reproches, mais sa femme accepta la nouvelle placidement.

– Est-ce qu'elle gagne ? demanda-t-elle seulement.

Sahac fut pris au dépourvu. Il n'avait pas pensé à cette question, qui pour lui n'avait aucune importance.

– Je n'en sais rien, avoua-t-il, et il retourna au jardin.

– Est-ce qu'elle gagne ? demanda-t-il à son tour à Panis, qui était toujours penché vers la fenêtre.

Celui-ci se redressa brusquement pour la première fois depuis le début de la partie et dit de mauvaise humeur :

– Comment tu veux que je sache ?

Sahac abrita ses yeux avec sa main pour mieux contempler les événements à l'intérieur. L'attitude des protagonistes ne laissait pas présager la victoire imminente de l'un ou de l'autre. Ils continuaient à regarder fixement l'échiquier, leur visage ne trahissait aucune émotion particulière. Kouros, qui s'était absenté quelques minutes, revint avec des tasses remplies de café. En les posant sur la table, il jeta un rapide coup d'œil sur l'évolution du jeu, puis s'assit dans un fauteuil au fond du salon, les bras posés sur les accoudoirs et les doigts joints aux extrémités, comme une cathédrale humaine, réduite à sa plus simple expression. Il demeura dans cette position de recueillement.

Intimidé par la concentration silencieuse régnant dans le salon du vieux professeur, Panis se laissa finalement convaincre de partir avant la fin de la partie.

Eleni était pensive. La partie s'était terminée par un pat, mais l'avantage avait été clairement du côté du pharmacien. Celui-ci avait accueilli ce résultat avec un petit sourire de satisfaction, ennuyé tout de même de ne pas avoir réussi à battre la femme de chambre. Kouros n'avait pas manifesté d'émotion particulière. Il les avait félicités tous les deux et les avait raccompagnés assez vite.

Il n'était pas mécontent. L'issue de la partie comptait peu à ses yeux. Eleni avait joué avec sérieux sans se laisser démonter par l'assaut féroce de Costa. Kouros pensait qu'elle était prête à affronter d'autres partenaires parce qu'elle s'était peu à peu détachée de la théorie, tout en se souvenant des stratagèmes utiles au bon moment. Le poids de la culpabilité s'envola. Pendant les jours suivants, il ne fit aucun projet. Il se contenta de savourer cette délicieuse légèreté reconquise.

Eleni, quant à elle, retourna à sa triste vie conjugale. Panis ne lui avait toujours rien dit, mais il n'avait pas non plus relâché la pression qu'il exerçait sur elle. Il continuait ostensiblement de faire chambre à part et de la traiter froidement. Les couloirs de l'hôtel *Dionysos* et les gazouillis joyeux de la propriétaire étaient son seul refuge.

Une fois les petites vacances qu'il s'était accordées terminées, Kouros se rendit à la poste pour emprunter un annuaire téléphonique d'Athènes et commença sa quête de tournois d'amateurs auxquels Eleni pourrait participer. Au bout de deux après-midi d'errances téléphoniques dans la capitale, il atteignit son but. Il localisa un club d'échecs qui lui paraissait adéquat. Le gérant, soupçonneux, fit remarquer au vieux professeur qu'il n'acceptait aucune participation étrangère et que toutes les personnes étaient censées se présenter personnellement avant d'être admises. Aussi fallait-il avoir déjà plusieurs mois d'ancienneté avant de pouvoir poser sa candidature pour un tournoi. Avec beaucoup de tact et en usant de toute sa force de persuasion, Kouros parvint à vaincre ces obstacles. Il inventa une histoire touchante, décrivit avec passion les dons exceptionnels de son élève, et négocia finalement une inscription immédiate. Le prochain tournoi aurait lieu trois semaines plus tard. Eleni devait se présenter directement au club dans le quartier de Kolonaki. Quand Kouros raccrocha, après avoir chaleureusement remercié son interlocuteur, des gouttes de sueur perlaient à son front.

Le mercredi suivant, il apprit la grande nouvelle à Eleni, qui blêmit sur-le-champ.

– Mais, professeur, objecta-t-elle. Je ne suis pas prête.

– Foutaises, décida Kouros. Tu vas très bien t'en tirer, ma petite Eleni, crois-moi. Joue encore quelques parties avec Costa et tout ira bien.

Eleni n'osa pas contredire le maître qui se donnait autant de mal pour elle, mais elle n'était pas du tout convaincue. Soucieuse, elle rentra chez elle et fit brûler le repas du soir, tant elle était préoccupée à l'idée du projet que Kouros avait conçu pour elle. Mais comment pouvait-elle reculer maintenant ? Ce n'était plus possible.

Le samedi suivant, Kouros envoya Costa retenir une place sur le bateau pour elle. Il aurait préféré s'y rendre personnellement, mais cette mauvaise toux, qui l'avait torturé pendant un moment, avait refait son apparition, et il ne se sentait pas très bien. Bien entendu, il n'en dit rien à Eleni, mais fut contraint d'avouer cette faiblesse à Costa, qui, tout en donnant libre cours à son mécontentement, se rendit à la compagnie des *Flying Dolphins* et réserva une place pour le 17 juin au matin. Il serait sans doute plus aisé pour la femme de chambre de disparaître tôt le matin.

En fait, depuis un certain temps déjà, il avait pris goût à la comédie dans laquelle il jouait un rôle de son propre gré tout en claironnant le contraire. L'histoire de la femme de chambre, qu'il s'obstinait à appeler bonniche dans ses conversations avec Kouros, l'amusait.

Eleni n'avertit personne de son voyage. Il ne fallait pas que son départ s'ébruite avant qu'elle fût en mer. Elle devait observer une discrétion totale. L'unique exception à cette règle fut une visite chez le coiffeur à qui elle demanda de renouveler sa couleur et sa coupe. Elle ne pouvait tout de même pas se rendre à la capitale sans avoir fourni un effort d'élégance. Elle avait même fait une petite folie en suggérant au coiffeur de lui couper les cheveux plus court que d'habitude.

Quoique surpris, le coiffeur la félicita de sa décision et Eleni jugea le résultat satisfaisant.

Panis remarqua le changement, mais ne le commenta pas. Intérieurement, il convint que ça la rajeunissait, ce qui l'agaça. Il ne soupçonnait pourtant pas que la coiffure n'était que le signe avant-coureur d'une révolution.

La veille du départ, Eleni prépara ses bagages et écrivit un petit mot à l'intention de son mari, hésitant longtemps sur les termes à employer. Après avoir déchiré plusieurs essais, elle se décida finalement pour quelques phrases informatives, frôlant le lapidaire.

Le grand jour arrivé, elle se leva avant l'aube et quitta discrètement la maison. Son petit mot était placé bien en vue sur la table de la cuisine. Sa valise en cuir à la main, elle descendit rapidement les ruelles désertes jusqu'au port où elle arriva une demi-heure en avance. Elle s'assit sur un banc à l'écart, où elle espérait être à l'abri des regards inquisiteurs d'un quelconque lève-tôt, et regarda les camions chargés de marbre et d'émeri qui se rassemblaient sur le quai. C'était la première fois qu'elle entreprenait seule un tel voyage. Les rares fois où elle avait quitté l'île pouvaient se compter sur les doigts d'une main, et elle avait toujours été accompagnée, soit par ses parents, soit par Panis. Nerveusement, elle contrôla le contenu de son sac à main. Elle avait pensé à apporter son manuel d'échecs au cas où elle devrait vérifier une stratégie ou une riposte. Elle recompta pour la quatrième fois la somme d'argent qu'elle avait mise dans son porte-monnaie. Quatre-vingt mille drachmes qui devaient suffire pour l'hébergement, les repas, les transports et les cadeaux qu'elle voulait acheter aux enfants. Si seulement elle avait pu emmener Dimitra. La solitude lui pesait déjà…

Kouros lui avait proposé de prendre en charge son voyage, mais elle avait fièrement refusé. À quoi auraient servi toutes ces années de travail si elle ne pouvait même pas s'offrir ce petit luxe ?

Sa main glissa sur la surface lisse et fraîche du cadeau qu'elle s'était fait la veille, un petit flacon d'*Eau sauvage*. Cet achat avait déjà considérablement entamé ses économies, mais il allait lui porter chance, elle en était sûre. Réconfortée, elle pensa avec un sourire malicieux au moment où le vendeur lui avait expliqué, avec cette légère condescendance qu'affichent souvent les initiés vis-à-vis des novices, qu'il s'agissait initialement d'un parfum pour hommes. Elle avait été à deux doigts de renoncer à son acquisition quand soudain elle s'était dit que cela ne changeait rien. Ce qui comptait avant tout, c'était l'odeur. Et celle-ci l'avait séduite dès l'instant où elle l'avait sentie pour la toute première fois. Elle sortit le précieux flacon de son sac et le déboucha. Le parfum monta vers elle et chassa toutes les odeurs familières du port pour l'envelopper dans un nuage d'abondance. Elle mit deux gouttelettes derrière ses oreilles et se redressa. Elle reboucha le flacon et le rangea précautionneusement.

Ensuite Eleni referma son sac, le cala fermement sur ses genoux et regarda autour d'elle.

Le quai se peuplait au fur et à mesure que l'heure du départ approchait. Eleni reconnut la voiture d'un des clients de Panis, un agriculteur, propriétaire d'une grande oliveraie. Elle se tassa sur son siège afin qu'il ne l'aperçoive pas. Il ne fallait pas tout gâcher à la dernière minute.

De loin, elle vit le navire arriver. Il lui parut tout petit, puis en réduisant la distance qui le séparait du port, il se transforma en ce gigantesque *Flying Dolphin* qu'elle avait si souvent admiré. Cette fois il venait pour elle. C'était son bateau.

La sirène de l'accostage retentit et le ferry colla son énorme derrière contre le quai avant d'ouvrir ses entrailles. Impatiente, Eleni prit sa valise et se dirigea vers le ventre de la baleine. Elle prit sa place dans la queue qui s'était formée, puis quand ce fut son tour, montra son ticket au contrôleur, qui le déchira et la laissa passer. Un petit escalier menait au premier étage, et elle chercha sa place dans les longues rangées de sièges. Un employé poli lui vint en aide et la guida vers son fauteuil. Elle refusa de se séparer de ses bagages qu'elle parvint à coincer entre ses jambes. Ce n'était pas très confortable, mais elle accepta cette contrainte avec grâce. L'employé n'insista pas. Il était habitué aux petites excentricités des îliens. Quand elle fut enfin installée à son aise, elle prit une grande inspiration. Elle allait vraiment partir. Les gens restés à quai paraissaient tout petits.

Au bout d'un quart d'heure, la sirène retentit une seconde fois et dans un puissant ébranlement, le bateau prit la mer.

Kouros, qui s'était réveillé tôt ce jour-là, regarda sa montre. Eleni était partie. Il s'en réjouit pour elle. Quand il voulut se lever pour préparer son café, il sentit une sorte de faiblesse envahir ses jambes. Il eut une quinte de toux et décida d'attendre quelques minutes avant de se mettre debout. Il avait l'impression désagréable d'avoir de la fièvre. Néanmoins, il voulait passer sa journée comme d'habitude. La fièvre, c'est pour les enfants, décréta-t-il intérieurement. Il n'avait plus eu de symptôme semblable depuis une bonne soixantaine d'années.

Panis s'était également réveillé plus tôt que d'habitude avec la vague sensation que quelque chose n'allait pas. Quand il trouva le petit mot sur la table de la cuisine, il poussa un cri d'indignation qui rappelait la sirène du bateau. Alertés par ce hurlement, ses enfants accoururent, mais leur père était déjà dans le couloir, agitant la missive. Il quitta la maison aussitôt sans fournir d'explications. En pyjama près de la porte, Yannis et Dimitra se jetèrent des regards interrogateurs. Puis ils inspectèrent la maison et constatèrent qu'ils étaient seuls. Ils n'en tirèrent aucune conclusion hâtive, mais se contentèrent de préparer le petit déjeuner en silence. Les derniers mois les avaient habitués aux frasques de leurs parents, et ni l'un ni l'autre ne voulait être le premier à formuler une hypothèse déplaisante. Alors ils se contentèrent de manger leurs tartines, se souriant de temps à autre comme pour s'encourager mutuellement.

Panis se rua à la taverne, qui n'avait pas encore ouvert ses portes. Il savait que Sahac habitait un petit appartement au-dessus de son restaurant, même s'il n'était jamais allé chez lui. Il cogna contre la porte et au bout de quelques minutes, celui-ci lui ouvrit, hirsute, les yeux injectés de sang. Sans prononcer le moindre mot, il lui fit signe d'entrer et le conduisit dans un salon au mobilier spartiate. Il lui désigna le seul siège confortable, un fauteuil en velours élimé d'un ocre douteux, qu'un malveillant visiteur aurait pu appeler caca d'oie, et quitta aussitôt la pièce. Panis passa un moment seul avec sa colère et son incrédulité. Il ne parvenait toujours pas à concevoir qu'Eleni avait réellement fugué, et relisait pour la énième fois la note concise que sa femme avait laissée.

Cher Panis, je suis partie à Athènes pour participer à un tournoi d'échecs. À bientôt.

Eleni

Vêtu d'un pantalon noir et d'un tee-shirt bleu, Sahac revint, les bras chargés de nourriture. Sa femme apparut derrière lui, apportant du café et des tasses. Après avoir salué Panis, elle laissa les deux hommes seuls. Panis glissa le mot d'Eleni à l'Arménien qui le lut attentivement, puis le retourna dans tous les sens vérifiant qu'aucune information ne lui avait échappé.

– Elle est partie ce matin ? demanda-t-il en versant du café dans la tasse de Panis.

Ce dernier hocha la tête. Puis les deux hommes sirotèrent leur breuvage en silence.

– Qui est au courant ? dit l'Arménien après cette plage de réflexion.

Il se prépara une généreuse tranche de pain sur laquelle il disposa soigneusement des olives noires et ajouta un filet d'huile.

– Moi, répondit Panis qui avait la gorge nouée. Pour l'instant… Et toi, bien sûr, ajouta-t-il par souci d'exactitude. Kouros, je suppose. C'est certainement lui qui a tout manigancé.

– Si j'étais toi, je laisserais le professeur en dehors de tout ça, répondit Sahac, la bouche pleine.

– Et pourtant, répliqua le garagiste, je lui rendrais bien une petite visite, à cet hypocrite, distingué de mes… de mes… couilles.

Il se sentit légèrement mieux après cette qualification injurieuse qui lui brûlait les lèvres depuis longtemps.

– Pourquoi on n'appellerait pas un chat un chat ? ajouta-t-il en piquant une olive dans le bol blanc.

– En effet, dit l'Arménien. Mais ce n'est pas ce chat-là qu'il faut nommer.

Panis le regarda perplexe. Il n'avait pas la moindre idée du félin auquel son ami faisait allusion. Sahac mâchait calmement sa tartine. Panis était à bout de patience :

– Parle ! lui ordonna-t-il.

Son ami ne se fit pas prier.

– Depuis notre excursion à Halki, j'ai réfléchi à la question, expliqua l'Arménien. À mon avis, il n'y a que deux solutions. Soit tu divorces. Tu veux divorcer ? lui demanda-t-il.

Panis grommela une bouillie incompréhensible dans laquelle Sahac crut distinguer le mot « habitude ».

– C'est ce que je pensais, dit-il.

– Et l'autre solution ? demanda le garagiste malmené.

– Tu assumes. Mieux : tu revendiques !

– Tu ne peux pas être plus clair ? explosa Panis, qui avait définitivement épuisé sa réserve de patience.

– Tu te montres fier. D'ailleurs, tu pourrais l'être !

Une lueur traversa l'esprit de Panis. Sahac était retourné corps et âme à sa tartine.

Révolté, Panis eut envie de chasser immédiatement l'idée que l'Arménien lui avait suggérée. En proie à une lutte titanesque, qui se déroulait dans son for intérieur, il décida de se restaurer alors que jusque-là il avait dédaigné la nourriture posée sur la table. « Parfois, l'alimentation porte conseil au même titre que le sommeil », pensa-t-il en se préparant une petite collation.

La propriétaire de l'hôtel *Dionysos* regarda pour la troisième fois sa montre. Elle l'avait déjà comparée à l'horloge dans le hall. Les deux semblaient fonctionner parfaitement. Pourtant, il était sept heures moins le quart et Eleni n'était toujours pas arrivée. Elle commençait à s'inquiéter. Jamais sa femme de chambre n'avait manqué à sa tâche sans l'en avertir. Les premiers clients affluaient dans la salle à manger pour prendre leur petit déjeuner. Pour l'instant, elle était obligée de rester à son poste. Elle demanda à son fils de téléphoner chez Eleni et de trouver une solution avec l'autre femme de chambre. Tout en servant distraitement les clients, elle déploya une bonne humeur de façade. Elle n'était pas en colère, mais se faisait du souci. Son fils revint, déclarant que personne ne répondait au domicile de la femme de chambre et qu'elle était certainement déjà en route. Maria resta sceptique, mais se contenta de sourire en guise de remerciement. Pendant une heure, elle remplit des tasses, apporta des couverts, fit des remarques sur la beauté du temps tout en se disant que tout cela était de sa faute. Elle aurait dû lui parler. La discrétion était une chose, la négligence en était une autre.

À huit heures et demie, la porte principale s'ouvrit et un garçon d'une quinzaine d'années qu'elle connaissait de vue entra. Intimidé par les regards des touristes, il resta près de l'entrée. Maria vint à sa rencontre. Soulagé, le garçon lui tendit une lettre qu'elle s'empressa de prendre. Elle lui donna une petite pièce, le garçon la remercia et disparut. Impatiente, Maria déchira l'enveloppe. L'écriture appliquée de la lettre dénonçait le manque d'habitude. Maria survola rapidement le court message :

Madame, j'ai le regret de vous informer que ma femme, Eleni Pannayotis de Naxos, ne pourra pas se présenter à son travail aujourd'hui, car elle est partie à la capitale où elle représente notre île dans un tournoi d'échecs. Avec toutes nos excuses pour le dérangement. Mes hommages. Panis Pannayotis.

Panis et l'Arménien avaient longtemps réfléchi à la formulation adéquate et ils avaient conclu qu'il fallait ajouter « de Naxos » à « Eleni », pour que la revendication prenne tout son sens. Ils avaient aussi considéré la possibilité d'ajouter l'adjectif « belle » à « île », mais ils y avaient renoncé, jugeant la formule trop émotionnelle et surtout superflue. La propriétaire du *Dionysos* qui était native de l'île avait sans aucun doute la fibre patriotique. Ce n'était pas la peine d'en rajouter.

La porte d'Apollon disparut derrière l'horizon et fit place à une étendue de bleu dans laquelle se confondaient la mer et le ciel. Une ligne de partage incertain, qui semblait vouloir brouiller les pistes entre les éléments. Naxos tout entière fut engloutie par le bleu irisé.

Pendant la première heure du trajet, Eleni resta à sa place, se contentant de regarder l'eau qui écumait autour de la coque du paquebot. Elle se réjouissait des reflets du soleil sur la surface agitée de la mer.

D'abord, ils avaient passé Paros qu'elle connaissait bien parce que ses cousines habitaient à Naoussa, petit port de pêche au nord de l'île. Lors de ses visites avec Panis et les enfants, ils mangeaient toujours des poulpes grillés dans une taverne au bord de la mer. À chaque commande, le patron du restaurant choisissait un exemplaire parmi ceux pêchés le matin même, qui, suspendus à une corde, séchaient au soleil. Eleni aimait bien ce petit rituel.

Paros était tellement proche de Naxos que les deux îles pouvaient se voir mutuellement par n'importe quel temps. Ce n'était même pas la peine de prendre le bateau officiel, il suffisait de se faire emmener par un pêcheur qui sortait avec sa barque.

Au fur et à mesure qu'Eleni s'éloignait de son port natal, elle commençait à avoir un doute sur l'appellation des îles qu'elle croisait. Elle reconnut, bien sûr, Délos, Mykonos et Syros, mais elle aperçut au loin une petite île sur la gauche du bateau dont elle avait oublié le nom. « Je devrais toutes les visiter au moins une fois, se dit-elle. Les gens viennent de l'autre bout de la terre pour les voir et moi, je ne les connais même pas. »

Elle décida d'abandonner sa valise à sa place, la confiant à sa voisine avec laquelle elle avait échangé quelques mots. Sur le pont arrière du bateau, le vent soufflait fort, il faisait presque froid. Le soleil reflété par la mer l'aveuglait. Eleni s'appuya au bastingage, ferma les yeux et prit une profonde inspiration.

Un grand sourire s'afficha sur le visage de Maria lorsqu'elle eut terminé la lecture de la lettre de Panis. Elle imaginait les heures de dur labeur qui avaient engendré des tournures aussi dignes qu'élégantes.

Quel incident avait bien pu provoquer ce spectaculaire changement d'attitude ? Elle se figurait sans peine l'effort considérable que lui avait coûté cette décision.

Ce revirement l'intriguait fortement. Elle connaissait le mari d'Eleni depuis de nombreuses années. Ils entretenaient une relation polie, mais un peu distante, n'étant pas issus du même monde. Comme la plupart des habitants, elle avait fait réparer ses voitures chez lui ; il avait la réputation d'être le mécanicien le plus habile de l'île. Elle l'avait toujours vu en bleu de travail, les mains pleines de cambouis, ou alors le soir venu, à la taverne de l'Arménien, qui buvait un petit verre d'ouzo en discutant avec des amis. Ce n'était pas un homme voué à chambouler les traditions. Et pourtant, il avait consenti à le faire.

Maria déplora d'apprendre la grande nouvelle de cette façon détournée. Si seulement Eleni lui avait fait plus confiance, elle aurait pu prendre une part active dans cette escapade. Cela lui aurait bien plu. Durant un instant, elle fut tiraillée entre la blessure d'amour-propre et la joie. Puis, cédant à son besoin vital d'harmonie, elle opta pour la dernière. Si le garagiste avait fait un tel effort, elle pouvait également prendre un peu sur soi. Elle n'était pas de nature rancunière.

Maria plia la lettre, la fourra dans son tablier et retourna à la salle à manger. Elle savait à présent quel service elle pouvait rendre à sa femme de chambre. Calmement, elle reprit son travail, vanta le beau temps, servit du café et raconta les exploits d'Eleni aux touristes. Ensuite elle informa sobrement le facteur qu'Eleni représentait Naxos dans un grand tournoi d'échecs. Ce dernier n'en croyait pas ses oreilles. Maria s'arrangea pour glisser l'information à tout le monde, prenant un air très naturel, presque détaché. Elle parlait des dons d'Eleni comme si elle avait assisté personnellement à chaque partie disputée. Cela demandait un peu d'habileté puisqu'elle ne connaissait rien à ce jeu, mais l'expérience acquise en tant qu'hôtelière lui était d'un grand secours. La communication avait toujours été son fort. Déjà, jeune fille, son père l'avait placée à l'accueil pour assurer les relations avec la clientèle. Elle avait toujours réussi à broder sur n'importe quel thème, à calmer les esprits, à faire patienter les plus pressés. Ce n'était pas un jeu d'échecs qui allait la mettre dans l'embarras.

Une fois les derniers clients partis, elle enleva son tablier, confia le rangement à son fils, quitta l'hôtel et descendit la colline afin de se rendre au centre-ville. Au premier kiosque elle acheta un journal et un paquet de cigarettes. Elle s'attabla à la terrasse d'un café, bien en vue, et commanda un Nescafé frappé. En attendant que les premières connaissances se montrent, elle ouvrit le journal et le parcourut distraitement. Maria n'avait rien à envier à Katherina en matière de téléphone arabe. C'était également une professionnelle, même si d'ordinaire, elle ne mettait pas son talent au service du colportage. Le résultat fut prompt. Avant midi, tout Chora était au courant qu'Eleni leur faisait l'honneur de représenter l'île dans un tournoi d'échecs européen de la première importance qui se déroulait en ce moment même à Athènes.

Vers deux heures de l'après-midi, Panis vit arriver les premiers curieux à son garage. Chacun lui demanda des détails supplémentaires qu'il peina à inventer. Son récit fut un peu succinct. On attribuait cette concision à la pudeur de celui qui renâcle à se mettre en avant. En revanche, il sut recevoir les félicitations de bonne grâce.

Vers le soir, Kouros, qui s'était traîné misérablement toute la journée, daigna appeler le médecin. Celui-ci n'eut aucun mal à constater une pneumonie aiguë et fit transporter d'urgence son patient, en dépit de ses vives protestations, à l'hôpital de Chora. Kouros fut happé par la machine médicale qui s'ébranla dès que son brancard eut franchi le seuil de l'établissement. Une équipe de tous les grades parada devant son lit : spécialistes, professeurs, étudiants, infirmières, aides-soignants. Les premiers donnèrent des ordres à voix basse, les autres les exécutèrent en silence. Un fleuve incessant de visages inquiets, indifférents, compatissants se pencha sur lui. Des tuyaux furent branchés, des médicaments administrés, des soins prodigués. La porte de sa chambre s'ouvrit et se referma à un rythme soutenu. Des bruits de pas caoutchoutés et des froissements de tissus empesés remplirent l'air. Ensuite, on rendit le vieil homme à sa solitude et à sa bruyante respiration.

Kouros passa une mauvaise nuit. Il ressentait une forte douleur dans la poitrine malgré les médicaments. Hormis cette cause première de souffrance, il y en avait une seconde qui le taraudait presque plus. Il était furieux de ne pas avoir pu empêcher son admission à l'hôpital, endroit qu'il détestait avec plus de vigueur que les bondieuseries qu'on avait pu lui sortir au cours de sa vie en guise de consolation. Il était allergique à l'odeur de désinfectant qui empestait les couloirs, au ton douceâtre qu'adoptaient les infirmières pour s'adresser à lui, ainsi qu'à la lumière d'un vert cadavérique qui éclairait sa chambre. Comment avait-il pu se faire avoir aussi bêtement ? Il avait pourtant été préparé à l'idée d'une maladie subite. Il savait ce qu'il aurait dû faire, mais il ne l'avait pas fait. Sa volonté avait flanché à la dernière minute. À présent, il ne lui restait plus qu'à s'en prendre à lui-même.

Seule la certitude de savoir Eleni à Athènes lui procurait une consolation. Il la voyait évoluer dans la capitale, impressionnée par la foule grouillante et le dédale des rues, observés par la fenêtre du taxi qu'elle avait eu la prudence de prendre au Pirée. Elle se rendait à son hôtel, où elle vérifiait, émerveillée, que la télévision marchait, que la direction avait mis un savon dans la salle de bains.

Après un rafraîchissement, elle prenait son courage à deux mains et se rendait au siège du club où elle devrait disputer sa première partie. Elle se sentait mal à l'aise partout, rasant les murs, balbutiant son nom à l'entrée, regrettant cent fois d'être venue, jusqu'au moment où elle s'attablait devant l'échiquier. Précautionneusement, elle avançait son premier pion et pénétrait alors dans l'espace qu'elle avait fait sien, celui des soixante-quatre cases, qui, pour quelques heures, se substituerait au monde.

Imaginer Eleni dans le quartier de Kolonaki, en plein centre d'Athènes, en train de jouer avec de parfaits inconnus, enchanta Kouros. Il commença à somnoler. Même si elle perdait toutes ses parties, et qu'elle se faisait éliminer dès le premier tour, ce qui était fort probable, cela n'avait plus aucune espèce d'importance. Elle avait fait le voyage.

Le lendemain matin, Panis et l'Arménien téléphonèrent chez le professeur. Ils laissèrent sonner longtemps, mais personne ne décrocha. Ils avaient espéré récolter quelques informations pouvant alimenter les histoires que Panis devait raconter aux curieux. Un peu surpris de l'absence du vieil homme, ils se promirent de renouveler leur tentative un peu plus tard dans la journée. Puis ils oublièrent, étant chacun trop occupé, Panis à enjoliver son récit, tout en feignant de travailler, et Sahac à servir ses clients, très nombreux en cette période de l'année.

À la fin de l'après-midi du deuxième jour de son hospitalisation, la porte de la chambre de Kouros s'ouvrit brusquement sans que l'intrus ait eu la délicatesse de frapper. Kouros, qui n'attendait aucune visite, somnolait dans son lit, bercé par de forts antalgiques. Des rêves décousus l'avaient emporté, le rejetant ici et là contre le rivage de sa conscience, comme de puissantes vagues d'une mer houleuse l'auraient fait avec un bout de bois léger.

Costa ne prêta aucune attention aux arythmiques absences de son ami, mais fonça tout droit vers le téléphone posé sur la table de chevet et le secoua vigoureusement.

— Et ça, c'est quoi ? s'écria-t-il d'une manière brutale. Il y a deux mois, quand tu voulais que je vienne jouer avec ton Eleni, tu savais encore très bien t'en servir.

— Il n'est pas raccordé, répondit calmement Kouros que les exclamations du pharmacien à la retraite avaient tiré de sa torpeur.

— Vieux fou, répliqua Costa, en s'asseyant bruyamment sur la seule chaise prévue à cet effet. Tu ne changeras jamais.

Cette dernière remarque était dénuée de cette irritation qui l'avait guidé jusque-là. C'était une simple constatation.

— Je n'ai jamais eu la moindre intention de muer comme un serpent et encore moins maintenant, répondit le professeur promptement avec cette agaçante arrogance qui lui était propre.

Seule sa voix, affaiblie et croassante, trahit l'état alarmant dans lequel il se trouvait.

— Ce serait encore plus pathétique qu'absurde, éprouva-t-il la nécessité de préciser. Je n'allais tout de même pas te convoquer à mon ultime râle !

Il utilisa ce terme avec une pointe d'humour, et pour l'amour du mot juste qui le transportait depuis toujours.

— Ce n'est pas un spectacle pour lequel on envoie des invitations.

Ses paroles furent accompagnées d'une quinte de toux.

— Comme tu vois, je suis venu quand même, répliqua le pharmacien finalement, cachant son trouble en enlevant sa veste dans un geste embarrassé. Mais étant donné que tu as un sens de la contradiction très prononcé, je te crois capable de t'en tirer.

Kouros accueillit la réflexion avec un sourire.

— Si tu avais téléphoné, tu aurais évité que je joue les enquêteurs et que j'alerte tous tes voisins, l'informa Costa placidement au bout d'un moment. À l'heure qu'il est, tout Halki est au courant que le pharmacien Costa, dont on connaît la réputation, a cherché désespérément son vieil ami Kouros. Je ne sais pas si c'est pathétique, mais c'est bel et bien absurde, ne put-il s'empêcher de rajouter au cas où la dérision de la chose aurait échappé au professeur.

– Qu'est-ce que cela peut bien faire maintenant ?

La question rhétorique de Kouros n'appelait pas de réponse. Le pharmacien en fournit une tout de même.

– Je crains qu'ils réduisent la taille de la couronne et qu'ils raccourcissent le discours, riposta Costa presque joyeusement, sans saisir les pincettes que les êtres sensibles prennent habituellement au chevet des malades condamnés. Et ça, tu le dois à ta bonniche qui est allée s'éclater à Athènes.

– Tu devrais faire la même chose au lieu de me tenir la jambe dans un moment crucial de ma vie, répondit Kouros sur le ton de la plaisanterie.

– Tu m'as déshonoré, tu ne tireras plus grand-chose d'autre de moi. J'y suis, j'y reste, affirma Costa en dépliant un journal extirpé de la poche de sa veste qu'il avait choisie exprès un peu voyante pour l'occasion.

– Mac-Mahon, répliqua Kouros machinalement.

– Pardon ? demanda Costa.

– Mac-Mahon, duc de Magenta, il paraît qu'il a dit cette fameuse phrase le 8 septembre 1855, durant la guerre de Crimée, expliqua Kouros avec le plus grand sérieux juste avant de s'assoupir.

Costa resta seul avec les nouvelles du jour et son agacement. Ce vieux fou avait poussé la pédanterie jusqu'à lui donner encore une leçon d'histoire. Ce constat plongea Costa dans un abîme de perplexité.

– Mac-Mahon, répéta-t-il, toujours incrédule, comme si le patronyme du duc de Magenta avait pu receler quelque autre information cachée permettant d'éclaircir le mystère de la personnalité éprouvante du professeur.

Cet échange mémorable constitua leur dernière conversation. L'état de santé de Kouros empira d'une manière fulgurante. Malgré les soins que le personnel de l'hôpital lui prodigua, son corps ne parvint pas à vaincre la maladie. Au bout de deux jours de lutte avec les dragons qui lui crachaient dans les poumons, Kouros mourut dans la chambre 8 de l'hôpital de Chora et la dignité taurine de Costa fut mise à rude épreuve.

Il fit le nécessaire, puis dut s'éclipser devant la famille de Kouros accourant bruyamment de toutes parts, prenant une place qu'elle n'avait jamais occupée de son vivant. La chambre où reposait le professeur commença à empester l'encens et les spéculations murmurées sur d'éventuelles richesses à découvrir. Seuls quelques cris d'enfants surgis de nulle part perturbèrent le cérémonieux affairement. Il était grand temps de prendre le large.

Costa rentra chez lui. Le premier chagrin passé, il se souvint brusquement d'Eleni. Dans toute cette tourmente, il avait oublié jusqu'à son existence, mais elle était toujours à Athènes et il fallait lui annoncer la nouvelle. Il écarta à regret l'idée de passer un simple coup de fil à son hôtel. Il aurait fallu être une brute épaisse pour agir de la sorte et malgré l'attitude qu'il affichait, il ne l'était pas.

Il réfléchit ardemment mais ne vit pas d'autre solution que de prendre le premier bateau pour Athènes.

Il prépara ses bagages en pestant contre son sort. Il ignora par quel ironique tour de passe-passe le destin l'avait désigné comme sombre messager dans cette affaire, recevant la bonniche comme seul héritage du défunt.

La traversée parut courte à Costa, car il redoutait son arrivée. Cette fois-ci, Athènes n'avait rien d'une promesse. Il faudrait affronter la douleur éloquente d'Eleni. Il visualisait très bien la scène. Elle, sanglotant sur le lit de sa chambre d'hôtel, et lui, en train de chercher maladroitement des mouchoirs en papier. Kouros aurait pu lui épargner cela.

À l'approche de la terre, malgré son appréhension, il sortit sur le pont avant et s'appuya sur le bastingage. Il ne voulait pas manquer le moment où le brouillard orangé qui enveloppait la ville certains jours trop cléments se déchirait d'un coup pour dévoiler les collines vertes et grises, parsemées d'immeubles blanchâtres de la banlieue d'Athènes. Il avait des souvenirs dans certains d'entre eux. Au début, dans sa jeunesse, ces épisodes avaient toujours été fulgurants, orgiaques, feux d'artifice dont les éclats le portaient jusqu'au bout de la nuit avec des lendemains cotonneux, mais encore insouciants. Bourreau des cœurs parfois, ou de ce qu'on a l'habitude d'appeler ainsi. Doucement sans qu'il s'en aperçoive, l'arrière-goût avait changé. Il était devenu plus pâteux. Costa s'était senti glisser dans l'anecdote. Bourreau de rien du tout, de lui-même peut-être.

Et pourtant, il n'y avait pas de regret à avoir. Ç'avait été quelque chose. Lui, avait été quelque chose. Ses souvenirs n'avaient pas pâli comme les gens ont l'habitude de dire. Non, ses souvenirs étaient comme une aquarelle qui aurait été exposée à la pluie. Les couleurs s'étaient mélangées, la peinture était plus abstraite, intéressante encore mais avec des stries noirâtres là où l'eau avait entraîné trop de couleurs dans sa course rapide. Les repères avaient disparu, les formes étaient devenues indiscernables. Ici ou là surgissait quelque chose auquel il pouvait se raccrocher, un nom, le motif d'une chemise, une bouteille d'arak posée sur une table en rondin une nuit, près de la place Omonia.

Le bateau accosta. Le Pirée l'accueillit avec son agitation naturelle jetant ses pensées dans le brouhaha généralisé où elles se perdirent. Il héla un taxi et donna l'adresse de l'hôtel d'Eleni qu'il connaissait puisque c'était lui qui l'avait réservé en même temps que le ticket de bord du *FlyingDolphin*. Il veilla attentivement au trajet que prit le chauffeur, car il détestait l'idée qu'on le prenne pour un pauvre idiot qu'on pouvait trimbaler partout afin d'augmenter le prix de la course. « Kouros n'aurait même pas daigné regarder le chemin », pensa-t-il soudain. Mais la douleur qui avait toujours un train de retard sur la pensée ne parvenait pas à se répandre, car le chauffeur avait commencé à bavarder, commentant le temps, le nombre de touristes et les nouvelles prouesses architecturales de la capitale. Il lui demanda de quelle île il venait et se plaignit de passer lui-même trop peu de temps à Santorin, île dont il était originaire.

Costa subit de bonne grâce ce flot de paroles. L'homme le déposa devant l'hôtel et la voiture dispa-

rut, happée immédiatement par la circulation athénienne, se défendant à coups de klaxon. Il soupira et
entra dans le hall frais.

L'employé derrière le comptoir d'accueil l'informa
qu'Eleni était sortie. Il s'en était douté. Il négocia sans
grande peine de pouvoir l'attendre dans sa chambre,
car il était connu de l'hôtel ou plutôt il réussit à se
rappeler à leur bon souvenir en glissant un pourboire
consistant entre les doigts du jeune employé.

Costa était soulagé de disposer d'un délai supplé-
mentaire pour pouvoir préparer son discours.

La chambre donnait sur une petite courette mal
éclairée, mais elle était propre. En voyant les affaires
d'Eleni soigneusement alignées sur un petit bureau,
il eut un moment de tendresse. Il y avait le manuel
d'échecs, un plan d'Athènes et l'échiquier électronique avec ses deux armées face à face, chaque pièce
sur sa case de départ. Eleni avait aussi mis une photo
de ses enfants en habits d'été, qui souriaient tous les
deux à l'objectif, un jour de soleil. Derrière eux, au
loin, on distinguait la porte du temple d'Apollon. En
dehors de ces détails, la chambre semblait inoccupée.

Costa prit la photo, la contempla un moment, puis
la reposa exactement à l'endroit où il l'avait trouvée.
L'anonymat de la chambre l'intimidait. Elle lui fit sentir toute l'indiscrétion de son intrusion. Déstabilisé, il
chercha un endroit où il pouvait s'installer en attendant
le retour d'Eleni. Il opta finalement pour l'unique et
inconfortable chaise face au bureau. Il aurait eu envie
de s'allonger un moment sur le lit, mais ne le fit pas.

Le silence de la chambre était encore accentué par
les bruits qui lui parvenaient de la courette. Il entendait des cris d'enfants rentrant de l'école, le vrombisse-

ment des moteurs, une sirène se déclenchant au loin. Une bruyante dispute eut lieu chez les voisins. Il put suivre l'argumentation énervée d'un homme et d'une femme qui se querellaient pour une banale histoire d'argent. Les éclats de voix se faisaient de plus en plus stridents.

Une porte claqua et mit abruptement fin au différend.

Après un instant de paix trompeuse, des sanglots étouffés montèrent à ses oreilles. C'en était trop pour ses nerfs éprouvés. Il ne tint plus assis et se mit à faire les cent pas dans l'espace réduit entre le bureau et le lit, regrettant de ne pas avoir apporté de lecture. Il eut la sensation de s'enfoncer à chaque pas dans une solitude épaisse qui semblait affecter sa respiration.

De la poche intérieure de sa veste, il sortit son paquet de cigarettes et en alluma une. Sentir la fumée descendre dans ses poumons lui prodigua un certain réconfort.

Il passa une petite heure à déambuler, fumant cigarette sur cigarette. La dernière lui fit d'un seul coup penser au souffle rauque de Kouros dans son lit d'hôpital et il l'écrasa avec dégoût. Eleni n'était toujours pas là.

– Mais qu'est-ce qu'elle fout, cette bonniche ? se demanda-t-il à haute voix.

Ignorant où se déroulait le tournoi d'échecs, il ne pouvait pas s'y rendre. Soudain, une idée lui vint. Il la salua immédiatement comme lumineuse puisqu'elle lui permettrait de mettre fin à cette situation pénible dans laquelle il s'était fourré. Il suffisait de faire un geste. Si elle était aussi futée que Kouros l'avait prétendu, elle comprendrait. Sinon, tant pis pour elle. Costa s'exécuta, puis rassembla ses affaires et quitta rapidement la chambre. Maintenant que la décision de ne pas affronter Eleni était prise, il était très pressé.

Il rendit la clé au jeune employé qui le regarda d'un air intrigué, murmura une vague explication et traversa le hall. Une fois dans la rue, il prit une profonde inspiration et se dirigea vers les collines de l'Acropole. Il se sentait heureux d'avoir échappé à l'étroitesse de la chambre. Le franc soulagement auquel il s'était attendu ne fut cependant pas au rendez-vous. Il le ressentit seulement au bout de trois verres de vin qu'il but dans une taverne de Plaka en regardant les jeunes gens passer.

— La chose est simple, conclut-il devant ce beau spectacle. Je refuse l'héritage.

Eleni rentra deux heures après le départ de Costa. Elle avait été éliminée le matin même, au troisième tour, par le champion de Koukaki, un monsieur aux allures joviales qui portait une barbichette. Ce résultat était loin d'être déshonorant. Il était même meilleur que tout ce qu'elle avait pu espérer en pénétrant le premier jour dans la grande salle, éclairée par de luxueux lustres en verre, dans laquelle quatre tables, chacune équipée d'un damier, attendaient les participants.

Une fois l'éviction clairement prononcée et les formalités accomplies, elle avait franchi la porte une dernière fois et s'était retrouvée propulsée dans cette petite rue qu'elle avait prise tous les matins le cœur battant durant les six derniers jours. Elle était un peu abasourdie. Certes elle s'était bien battue, mais elle avait tout de même, et d'une manière déraisonnable, ressenti un pincement de déception. « La prochaine fois, je ferai mieux », s'était-elle juré en descendant lentement la rue.

Elle n'avait pas eu le courage de rentrer immédiatement à Naxos. De toute façon, elle ne pouvait pas revenir à la maison sans cadeaux pour les enfants. Alors elle avait pris son courage à deux mains et s'était jetée dans l'assourdissante activité de la capitale à la recherche de ravissants objets qui feraient pardonner son départ clandestin.

Imprudemment elle avait laissé son plan à l'hôtel et ses emplettes l'avaient fait dériver loin de son port d'attache. Quand elle eut enfin regagné sa chambre, il était trop tard pour prendre le bateau. Elle posa ses gros sacs près de la porte, s'assit sur son lit et ôta ses chaussures avec un grognement de plaisir. Ce fut seulement quand elle frotta ses pieds endoloris qu'elle remarqua cette forte odeur de cigarettes qui empestait la chambre. Plus intriguée qu'indignée, elle se releva et vit que le cendrier était rempli de mégots. Elle téléphona à la réception pour demander une explication. L'employée n'avait pris son service qu'une heure auparavant et son collègue ne l'avait pas informée d'une quelconque visite. Elle se confondit en excuses et s'empressa d'assurer à Eleni qu'elle enverrait immédiatement quelqu'un pour vider le cendrier.

— Ce n'est pas la peine, répondit Eleni. Ce n'est pas pour ça que je vous téléphone mais pour savoir qui est monté dans ma chambre.

La réceptionniste promit de mener son enquête et de la tenir au courant du résultat dans les meilleurs délais. Inquiète, Eleni ausculta le contenu de son armoire pour vérifier si quelque chose avait été dérobé. L'inventaire fut vite fait. Toutes ses affaires étaient à leur place. Un peu rassurée, elle se dirigea vers la salle de bains pour contrôler ses objets de toilette. Là non plus rien ne manquait. Son flacon de parfum l'attendait tranquillement sur la petite console au-dessus du lavabo.

Elle revint dans la chambre et prit le cendrier pour le vider quand son regard tomba sur l'échiquier. Elle vit que le roi noir était renversé. Elle pensa à un geste maladroit comme celui qu'elle avait eu dans la chambre des Français. Machinalement elle le redressa, vida le cendrier dans la poubelle, le reposa sur le bureau après l'avoir essuyé à l'aide d'un mouchoir en papier, ouvrit la fenêtre et s'allongea sur son lit. Envahie par la fatigue, elle s'assoupit.

Le chant braillant d'un noceur la tira de ses rêves. Elle fut d'abord complètement désorientée. Elle alluma la lumière, regarda son réveil qui affichait deux heures du matin. Elle avait faim, mais il était beaucoup trop tard pour manger dehors. Elle se déshabilla, mit sa chemise de nuit et prit un petit paquet de cacahuètes dans le minibar.

Assise sur son lit, elle se mit à grignoter quand soudain elle eut un doute. Elle rejeta la couverture et pêcha un mégot dans la poubelle. Son soupçon fut confirmé. C'étaient les mêmes cigarettes que fumait Costa pendant leurs parties. « Il y a des milliers de gens qui fument des John Player's Special », se dit-elle, pour se rassurer, mais son inquiétude persistait. Le pharmacien était venu et il ne s'était sûrement pas déplacé pour rien.

Prise de panique, elle se jeta sur le téléphone et composa le numéro du professeur. Elle laissa sonner cinq fois puis raccrocha. Elle faillit appeler à la maison, mais se ravisa. Réveiller Panis, Yannis et Dimitra en pleine nuit, alors qu'elle n'avait pas donné de ses nouvelles jusque-là, ne servirait à rien.

Abattue, elle reposa le téléphone sur sa table de chevet, s'assit sur le lit et se fit les pires reproches. Jamais elle n'aurait dû laisser le professeur seul, l'abandonner au moment où il avait le plus besoin d'elle. Elle se sentit triste, vide, minable. Ce sentiment d'avoir été en dessous de tout l'empêcha même de pleurer. Elle passa une nuit blanche, le chagrin bloqué dans sa gorge, à aller et venir dans sa chambre, sans même chercher le sommeil.

Aux premières lueurs du jour, elle s'habilla, rassembla ses bagages et descendit dans le hall. Elle régla sa note, limitant l'échange avec le réceptionniste au strict minimum. Elle refusa le café que celui-ci lui proposa, prit ses affaires et se dirigea vers la sortie quand elle aperçut une forme bouger sur un canapé en cuir placé près de la porte.

Les vêtements froissés, une barbe grise de trois jours, les cheveux hirsutes, le pharmacien ne se présentait pas sous son meilleur jour. Il se leva péniblement, les membres engourdis par la position inconfortable dans laquelle il avait dormi. Il laissa échapper un juron, puis salua Eleni brièvement. Celle-ci lui rendit son salut, sans rien ajouter.

Ensemble ils sortirent dans la rue et se mirent à attendre le taxi que le réceptionniste avait appelé pour Eleni. Celui-ci arriva rapidement et ils montèrent sans avoir échangé un mot. Costa dit au chauffeur de se rendre au Pirée, puis replongea dans le silence. Eleni ne posa aucune question. Ce n'était pas la peine. À la vue du pharmacien, tous ses soupçons s'étaient mués en certitude. Elle aurait préféré être seule avec son chagrin. Chacun regarda par la fenêtre qui se trouvait de son côté défiler les rues désertes d'Athènes qui ne s'était pas encore réveillée.

Peu avant d'arriver au port, Costa se décida enfin à prendre la parole.

– Il est mort, il y a deux jours à l'hôpital. Il n'y avait rien à faire. Il m'a chargé de vous dire que vous aviez été sa meilleure élève et qu'il avait été heureux de vous connaître.

Il regretta immédiatement la pauvreté de sa formule, mais c'était ce qu'il avait trouvé de mieux. Après tout il était pharmacien, pas littérateur. Intérieurement il maudissait encore une fois le défunt professeur qui de son vivant avait emmerdé le monde avec ses belles phrases, sacrifiant jusqu'à son bonheur pour la littérature, mais qui au moment crucial s'était débiné, laissant à lui, Costa, comble de l'ironie, le soin d'inventer sa révérence. Il s'apprêta à ajouter quelque chose dans le style « Il était fier de vous », revendication paternaliste assez détestable, mais en l'occurrence éventuellement efficace. Il hésita tout de même un instant avant de prononcer pareille ânerie, puis en jetant un petit regard en biais en direction d'Eleni, il s'aperçut que ce n'était pas la peine. Son petit mensonge avait produit l'effet voulu. Il avait accompli sa mission.

Eleni était trop émue par ce qu'elle venait d'entendre pour remarquer la résonance creuse de la phrase dans la cabine feutrée du taxi. Son visage s'éclaira. Son chagrin restait intact, mais sa mauvaise conscience tomba comme une feuille morte, car elle comprit qu'elle avait réalisé le souhait du professeur.

– Merci, dit-elle simplement.

Arrivé au Pirée, Costa aida Eleni à descendre.

– Je vous souhaite un bon voyage, dit-il.

– Vous ne rentrez pas ? demanda-t-elle, relativement soulagée de ne pas être obligée de passer tout le trajet en compagnie du pharmacien qui, elle le savait bien, ne la portait pas dans son cœur.

– Non, j'ai encore des choses à faire ici. À bientôt.

Ils se tendirent gauchement la main, et Eleni se dirigea vers le guichet pour acheter son ticket. Costa la rattrapa au bout de quelques pas.

– Au fait, dit-il, comment ça s'est passé ?

Eleni le regarda sans comprendre.

– Le tournoi, précisa-t-il.

– J'ai été éliminée au troisième tour par le champion de Koukaki. Il portait la barbichette, ajouta-t-elle comme si cette fantaisie dans la physionomie de son adversaire l'avait troublée au point d'expliquer son échec.

Costa ne put s'empêcher de rire. La barbichette donnait à la scène qu'il imaginait quelque chose de surréaliste et puis Eleni ne semblait pas se rendre compte que sa performance était un exploit. Kouros avait eu raison. Elle était quand même assez incroyable, cette bonniche.

– Il aurait été fier de vous.

La phrase lui avait échappé spontanément, comme si l'ânerie avait cherché un moyen de sortir malgré lui et y était parvenue. Il devait s'avouer que cette phrase exprimait sans doute exactement ce que le vieux professeur aurait éprouvé, par déformation professionnelle en quelque sorte et parce qu'il n'avait pas eu le

154

courage d'admettre des sentiments plus dangereux. Costa avait le triste privilège de le savoir. Il haussa un peu les épaules, fit un dernier sourire d'encouragement à Eleni et se lança dans la circulation du port d'un bon pas. Dès qu'elle fut hors de vue, il s'arrêta, sortit de sa poche son paquet de cigarettes, mais dut constater qu'il était vide. Il le froissa et le jeta par terre. Autour de lui touristes et marins couraient dans tous les sens. Personne ne fit attention au vieil homme à la veste fripée, un peu voyante, qui demeura immobile sur le trottoir, ne sachant où aller.

Une heure plus tard, Eleni grimpa le petit escalier qui la conduisit au premier étage du *Flying Dolphin.* Cette fois elle confia ses bagages à l'employé de la compagnie qui lui indiqua son siège. Le bateau se remplit rapidement d'une foule bigarrée de voyageurs. Certains s'assirent sagement, d'autres firent des allers et retours bruyants pour prendre des casse-croûte, fumer des cigarettes sur le pont ou chercher des connaissances. Un groupe d'enfants se mit à courir en criant, excité par la proche perspective de prendre la mer. Toute cette promiscuité eut un effet anesthésiant sur le chagrin d'Eleni.

La sirène retentit et le dauphin volant quitta le quai transformant par ce seul mouvement son aventure athénienne en souvenir. L'employé passa dans les rangs, offrant des jus d'orange et des petits gâteaux aux clients. Eleni accepta la collation avec gratitude car elle dut s'avouer qu'elle avait faim. Elle but son verre à petites gorgées en regardant les remous provoqués par les énormes hélices.

La fatigue l'envahit. Elle glissa dans le sommeil. Quelque temps plus tard, elle fut réveillée par une jeune fille en robe rouge qui avait frôlé son coude en se frayant un chemin dans le couloir. L'adolescente la fit songer à Dimitra qu'elle avait abandonnée à la mauvaise humeur de Panis. Son avenir lui apparut soudain comme une marée menaçante. La bulle d'échecs, qui l'avait portée durant son séjour à la capitale, éclata, et elle fut assaillie par la proximité des retrouvailles avec son quotidien. Elle avait perdu son seul ami. Elle serait sans doute licenciée et son mari la quitterait. Jamais il ne surmonterait l'affront. Malgré sa fatigue, elle ne parvint plus à fermer l'œil. Elle se redressa sur son siège, attendant anxieusement l'accostage, ce moment de vérité qui allait la jeter dans une misérable solitude. Sa vie était terminée. « Folie », pensa-t-elle en ressentant pour la première fois le poids noir du mot qui jusque-là avait toujours eu le goût d'un après-midi de printemps au jardin du Luxembourg. Et pourtant quelque chose en elle, quelque chose d'inavouable, se réjouissait, comme une joyeuse ritournelle qu'on n'arrive pas à oublier. Eleni sortit son parfum et se mit une minuscule goutte derrière chaque oreille.

À cette heure-là, Panis ronflait dans le lit conjugal dont il avait repris possession. Il dormait du sommeil des justes, épuisé par le flot incessant de visiteurs qu'il avait reçus tous les soirs depuis que le génie de l'Arménien et le talent de Maria avaient transformé sa femme en héroïne. La guirlande colorée qu'il avait suspendue au-dessus de la porte de leur maison pour lui donner un air de fête exécuta une petite danse au gré du vent, venant du large.

Bertina Henrichs a reçu,
pour *La Joueuse d'échecs* :

Le prix Lafayette à Paris

Le prix des Lecteurs de la Maison du livre à Rodez

Le prix « Premier' O Mans » de l'association
Culture et Bibliothèques pour Tous de la Sarthe

Le prix France Bleu Berry

Le prix ACENER Inter-Comités d'Entreprises

Le prix « Lire/Élire » du premier roman
du Comité d'Entreprise Renault Guyancourt

Le prix du Premier roman de la bibliothèque
de Joinville-le-Pont.

Le prix « Un livre, une commune » de Combs-la-Ville

Le prix de la ville de Val-d'Isère

Composition réalisée par ASIATYPE

Achevé d'imprimer en janvier 2008 en Espagne par
LIBERDUPLEX
Sant Llorenç d'Hortons (08791)
Dépôt légal 1re publication : janvier 2008
N° d'éditeur : 94571
LIBRAIRIE GÉNÉRALE FRANÇAISE – 31, rue de Fleurus – 75278 Paris cedex 06

31/1933/6